EM

LARGO RECORRIDO, 165

Kim Thúy
EM

TRADUCCIÓN DE LAURA SALAS RODRÍGUEZ

EDITORIAL PERIFÉRICA

PRIMERA EDICIÓN: septiembre de 2021
TÍTULO ORIGINAL: *Em*
DISEÑO DE COLECCIÓN: Julián Rodríguez

© Les Éditions Libre Expression, 2020
© de la traducción, Laura Salas Rodríguez, 2021
© de esta edición, Editorial Periférica, 2021. Cáceres
info@editorialperiferica.com
www.editorialperiferica.com

ISBN: 978-84-18838-09-5
DEPÓSITO LEGAL: CC-202-2021
IMPRESIÓN: Kadmos
IMPRESO EN ESPAÑA — PRINTED IN SPAIN

La palabra *em* existe sobre todo para designar al hermano o hermana menor de una familia; o al más joven, o la más joven, de dos amigos o amigas; o a la mujer de una pareja.

A mí me gusta pensar que la palabra *em* es el homónimo del imperativo del verbo *amar* en francés: *aime*.

Em. Aime. Ama. Amemos. Amad.

Un principio de verdad

La guerra, de nuevo. En todas las zonas de conflicto, el bien se cuela y encuentra un sitio hasta en las propias fisuras del mal. La traición culmina el heroísmo, el amor flirtea con el abandono. Los enemigos avanzan unos hacia otros con un único y mismo objetivo: vencer. En ese ejercicio común, el humano revelará a la vez su fuerza, su locura, su cobardía, su lealtad, su grandeza, su tosquedad, su inocencia, su ignorancia, su religiosidad, su crueldad, su valentía... Por eso, la guerra. De nuevo.

Voy a contaros la verdad, o al menos historias verdaderas, pero de forma parcial, incompleta, aproximada, porque me resulta imposible restituir los matices del azul del cielo cuando el marine Rob leía una carta de su amada mientras que, en ese mismo instante, el rebelde Vinh escribía la suya durante un momento de tregua, de falsa calma. ¿Era un pálido azul maya o más bien un cerúleo azul Francia? ¿Cuántos kilos de harina de mandioca había en el recipiente en el que el soldado John descubrió la lista de insurgentes? ¿Estaba recién molida la harina? ¿A qué temperatura estaba el agua cuando arrojaron al señor Út al fondo del pozo antes de que el sargento Peter lo quemase vivo con el lanzallamas? ¿Cuánto pesaba el señor Út: la mitad que Peter o bien dos tercios? ¿Fue la comezón de las picaduras de mosquito la que desquició a Peter?

Durante noches enteras, intenté imaginar los andares de Travis, la timidez de Hoa, el temor de Nick, la desesperación de Tuân, las heridas de bala de unos y las victorias de los otros en el bosque, en la ciudad, bajo la lluvia, en el fango... Cada noche, al ritmo de los hielos que caían en la cubitera de mi congelador, mis investigaciones me revelaron que mi imaginación no conseguiría jamás concebir toda la realidad. En un testimonio, un soldado recuerda haber visto al enemigo corriendo con brío hacia un tanque llevando al hombro un fusil M67 de 1,30 metros de largo y diecisiete kilos de peso. El soldado tenía ante él a un hombre dispuesto a morir por matar a sus enemigos, dispuesto a morir matando, dispuesto a darle el triunfo a la muerte. ¿Cómo imaginarse dicha abnegación, dicha adhesión incondicional a una causa?

¿Cómo imaginar siquiera que una madre pueda transportar a sus dos hijos pequeños por la jungla durante centenares de kilómetros, dejando al primero atado a una rama para protegerlo de los animales mientras traslada al segundo, lo deja atado a su vez y vuelve al primero para repetir el mismo recorrido con él? Sin embargo, esa mujer me contó la travesía con su voz de luchadora de noventa y dos años. A pesar de nuestras seis horas de conversación, siguen faltándome mil detalles. Olvidé preguntarle dónde encontró las cuerdas y si sus hijos siguen teniendo marcas de las ataduras en el cuerpo. Quién sabe si esos recuerdos se habrán borrado para dejar paso a uno solo: el sabor de los tubérculos salvajes que había masticado previamente para alimentar a sus hijos. Quién sabe…

Si se os encoge el corazón al leer estas historias de locura previsible, de amor inesperado o de heroísmo ordinario, pensad que toda la verdad muy probablemente os habría provocado, o bien un paro cardíaco, o bien un acceso de euforia. En este libro, la verdad aparece fragmentada, incompleta, inconclusa en el tiempo y en el espacio. Entonces, ¿sigue siendo la verdad? La respuesta la dejo a vuestra elección: será el eco de vuestra propia historia, de vuestra propia verdad. Mientras tanto, en las palabras que siguen os prometo cierto orden en las emociones y un desorden inevitable en los sentimientos.

Emma-Jade salta a la pata coja de un huso horario a otro, como en el juego de la rayuela. Los sobrevuela sin contarlos. A menudo vive jornadas de treinta horas en las que da saltos por el tiempo: su reloj puede indicar la misma hora en más de una ocasión. Dichas carreras le permiten maravillarse varias veces en el mismo año ante los magnolios en flor. En un único otoño, recoge y compara las hojas de arce caídas en Bremen, en Kioto y en Mineápolis.

Es una de esas personas que han fomentado que los aeropuertos se transformen en hábitats. Ya no resulta extraño encontrar en ellos un piano de cola y un pianista que toca con el mismo desencanto a Beethoven y a Céline Dion, un poco por darle caché a las hamburguesas y los *sushis* servidos en bandejas de plástico. Algunos aeropuertos ponen a disposición de los viajeros bibliotecas bañadas en una luz cálida y capillas tranquilas para que los creyentes conversen con los dioses antes de quedar en manos de la tecnología una vez que embarquen. Algunas terminales colocan *chaise-longues* ante unas colosales ventanas inundadas de sol o unos sillones de masaje delante de paredes gigantes tapizadas de frondosas plantas, originarias de los cinco continentes, cuyas raíces y brotes se enlazan entre sí: helechos de Asia, begonias de América del Sur y violetas africanas crecen codo a codo con alegría y exuberancia, y tranquilizan a los viajeros al procurarles contacto con el mundo exterior. En medio de los interminables pasillos surgen islotes de restaurantes como si fueran oasis. La geografía culinaria no respeta ya ningún mapa. Las aceitunas marinadas se hallan a tiro de piedra del salmón nórdico, mientras que el *pad thai* le hace competencia al *fish and chips* y al bocadillo de jamón con mantequilla. Los más elegantes ofrecen caviar y champán. De ese modo cualquiera puede celebrar a solas su cumpleaños entre burbujas y viajeros de paso.

Hay que tener la vista entrenada para identificar a Emma-Jade en medio de la multitud. Siempre lleva el mismo jersey gris de cachemira, una lana a la vez ligera y cálida. En el cajón, tres jerséis iguales esperan para sustituir a aquel cuyos puntos cedan a la fricción de las bandoleras y al peso de los kilómetros acumulados. Ese jersey la cubre y la protege de los asientos marcados por los cuerpos ajenos que la han precedido. Es su refugio, su casa itinerante.

Como de costumbre, come algo antes de embarcar para dormir mejor en cuanto toma asiento, antes del desfase, antes de que la invada el olor de la señora que se ha probado más perfumes de la cuenta en las tiendas libres de impuestos y el del señor que ha atravesado corriendo dos terminales con un abrigo excesivamente grueso.

Ese día Louis es el primer pasajero en ponerse en pie para plantarse en la puerta de embarque. Lleva el uniforme de los viajeros profesionales: maleta gris acero, pantalón antracita, chaqueta negra ligera, plegable y ceñida. Todo es de color oscuro, discreto, casi invisible. En un abrir y cerrar de ojos, Emma-Jade se ha dado cuenta de que Louis saludaría cortésmente a sus vecinos para guardar las distancias y evitar una posible conversación. Al igual que ella, él duerme con tanta frecuencia por encima de las nubes como por debajo. Al igual que él, ella dormita con tanta comodidad sentada en el exiguo espacio de los asientos numerados como acostada en habitaciones con puertas identificadas.

Emma-Jade se precipita para colocarse la segunda en la fila, detrás de él. Ve que Louis lleva el pasaporte abierto ya por la página correspondiente, cosa que indica que sabrá colocar correctamente la maleta en el compartimento sin estorbar el paso.

El oro blanco brota de las sangrías efectuadas a las heveas. Durante siglos los mayas, los aztecas y los pueblos amazónicos recogieron ese líquido para confeccionar zapatos, tejidos impermeables y globos. En un principio, cuando los exploradores europeos descubrieron dicho material, lo usaron para fabricar las bandas elásticas que sujetaban los ligueros. En los albores del siglo XX, la demanda aumentaba al ritmo fulgurante de los automóviles que transformaban el paisaje. A continuación, la necesidad se hizo tan perentoria e imperiosa que hubo que producir látex sintético, material que cubre el setenta por ciento de nuestras necesidades actuales. A pesar de todos los esfuerzos realizados en los laboratorios, únicamente el látex puro, cuyo nombre significa «las lágrimas (*caa*) del árbol (*ochu*)», resiste la aceleración, la presión y la oscilación térmica a la que se someten los neumáticos de un avión y las juntas de los transbordadores espaciales. Cuanto más acelera el ritmo el ser humano, más exige un látex producido de forma natural, a la velocidad de la rotación de la Tierra alrededor del sol, conforme a los eclipses lunares.

Gracias a su elasticidad, a su resistencia y a su impermeabilidad, el látex natural nos envuelve ciertas extremidades como si fuese una segunda piel con el fin de protegernos de las secuelas del deseo. Durante la guerra franco-prusiana de 1870 y el año siguiente, la tasa de enfermedades de transmisión sexual entre las tropas había pasado de ser de menos de un cuatro por ciento a más de un setenta y cinco, algo que *a posteriori*, durante la Primera Guerra Mundial, empujaría al Gobierno alemán a dar prioridad a la fabricación de preservativos para proteger a los soldados, a despecho de la acuciante escasez de caucho.

En efecto, las balas matan, pero quizás el deseo también.

Alexandre era muy ducho en la disciplina que había que imponer a sus seis mil culis andrajosos. Los obreros sabían mejor que él cómo hendir con el hacha de mano el tronco de las heveas, con una inclinación de cuarenta y cinco grados con respecto a la vertical, para que brotasen las primeras lágrimas. Eran más rápidos que él a la hora de colocar los cuencos hechos con cáscaras de coco que debían recoger las gotas de látex amontonadas en el ángulo inferior de la herida. Alexandre dependía de su tenacidad, aunque sabía que sus empleados aprovechaban la noche para murmurar y acordar la manera de rebelarse, primero contra Francia, después contra él y contra los Estados Unidos a través de él. Durante el día tenía que negociar con el Ejército estadounidense el número de árboles que había que derribar para dar paso a camiones, todoterrenos y tanques a cambio de protección contra la pulverización de herbicidas.

Los culis sabían que las heveas valían más que sus vidas. Así pues, fuesen empleados, rebeldes o ambas cosas, se escondían bajo el generoso dosel que formaban los árboles aún indemnes. Alexandre disimulaba bajo su traje de lino crudo la angustia que lo atenazaba: despertar en medio de la noche para encontrarse el espectáculo de su plantación incendiada. Dominaba su miedo a que lo asesinaran mientras dormía rodeándose de sirvientes y de muchachas, sus *con gái*.

Cuando el precio del caucho registraba bajas o cuando los camiones que transportaban los fardos de caucho caían en alguna emboscada camino del puerto, Alexandre recorría las filas de árboles en busca de una mano de dedos finos capaz de relajar su puño, una lengua dócil capaz de aflojar sus dientes apretados, una entrepierna estrecha capaz de contener su rabia.

A pesar de ser analfabetos y de no saber viajar ni en sueños más allá de las fronteras de Vietnam, la mayoría de los culis habían comprendido que el caucho sintético ganaba terreno en otros lugares del mundo. Albergaban los mismos temores que Alexandre, cosa que incitaba a muchos de ellos a abandonar la plantación y labrarse un porvenir en la ciudad, en aquellos grandes centros en los que la presencia de los estadounidenses, que pronto serían decenas de miles, creaba nuevas posibilidades, nuevas formas de vivir y de morir. Algunos se reinventarían siendo vendedores de carne enlatada SPAM, de gafas de sol o de granadas. Los que mostraban aptitudes para captar con rapidez la musicalidad de la lengua inglesa se convertirían en intérpretes. Los más temerarios, por su parte, elegirían desaparecer bajo los túneles excavados bajo los pies de los soldados estadounidenses. Morirían siendo agentes dobles, entre dos líneas de fuego o a cuatro metros bajo tierra, despedazados por las bombas o carcomidos por las larvas que se les incrustaban bajo la piel.

El día en que Alexandre se dio cuenta de que las pulverizaciones de agente naranja en los bosques vecinos habían envenenado un cuarto de los árboles de su plantación y que un comando de la resistencia comunista había degollado a su capataz mientras dormía, soltó un aullido.

Se desahogó con Mai, que se encontraba en su camino: un camino entre la ira y el desánimo.

En tiempos de la colonización, Francia consideró que Indochina, y Vietnam con ella, era, más que un asentamiento, una zona de explotación económica. Consiguió entrar en la carrera del caucho plantando heveas. Hacía falta mucha voluntad para mantener allí, en medio de los matorrales, a grupos de obreros agrícolas arrancando los rizomas de los bosques de bambú, profundamente arraigados en el suelo, y a continuación plantando heveas para más adelante recoger su savia día tras día. Cada gota de látex obtenida valía la gota de sangre o de sudor que se había derramado. Las heveas podían dejarse sangrar durante veinticinco o treinta años, mientras que uno de cada cuatro de los ochenta mil culis enviados a las plantaciones caía mucho antes. Esos millares de muertos siguen preguntándose en medio del rumor de las hojas, del murmullo de las ramas y del soplo del viento por qué se dejaron la vida sustituyendo su selva tropical por árboles llegados de la Amazonia, por qué tuvieron que mutilarlos, por qué llevaban las riendas unos extranjeros, aquellos hombres altos de mejillas pálidas y piel peluda que no se parecían en nada a sus ancestros, de cuerpo huesudo y cabellos color ébano.

Mai tenía la piel cobriza de los culis, y Alexandre, la postura del propietario, rey de sus dominios. Alexandre se encontró con Mai dominado por la ira. Mai se encontró con Alexandre dominada por el odio.

Esta palabra se usaba en muchos países de los cinco continentes desde el siglo anterior. Designaba ante todo a los obreros procedentes de China y de la India, transportados por los mismos capitanes y en los mismos barcos que los esclavos en su momento. Una vez llegados a su destino, los culis trabajaban como bestias en las plantaciones de azúcar, en el interior de las minas o en la construcción de ferrocarriles, y a menudo morían antes de que finalizase su contrato de cinco años, sin llegar a percibir el salario prometido y soñado. Las empresas que se encargaban de la trata aceptaban de antemano que el veinte, treinta o cuarenta por ciento de los *lotes* pereciesen durante el viaje por mar. Los indios y los chinos que sobrevivieron más allá de su contrato en las colonias británicas, francesas y neerlandesas se instalaron en las Seychelles, en Trinidad y Tobago, en las islas Fiyi, en Barbados, en Guadalupe, en Martinica, en Canadá, en Australia, en los Estados Unidos... Antes de la Revolución cubana, el mayor barrio chino de América Latina se encontraba en La Habana.

A diferencia de los culis indios, entre cuyas filas se contaban algunas mujeres que huían de maridos maltratadores o de situaciones extremas, los culis chinos eran sólo varones: las chinas no habían mordido el anzuelo. Los chinos desterrados a aquellas colonias lejanas, sin posibilidad de regreso a su país natal, se consolaron en brazos de las lugareñas. Todos los que resistieron al suicidio, la malnutrición y los malos tratos se organizaron para publicar periódicos, crear clubes y abrir restaurantes. Gracias a la dispersión de esos hombres, el arroz salteado, la salsa de soja y la sopa *wonton* se hicieron mundialmente famosos.

En cuanto a los culis indios, tenían una oportunidad entre tres de cortejar a una india que también se hubiese marchado a la aventura, cosa que alteró el estatus femenino y la distinción entre castas. Ellas estaban en posición de elegir e incluso de recibir una dote en lugar de aportarla. Este nuevo poder sembró entre los hombres el temor a quedarse sin esposa o a perderla. Se sentían amenazados por los vecinos, los transeúntes y por las propias mujeres. Algunos encerraron a sus esposas en casa a cal y canto, otros las ataban con cuerdas como quien pone una cinta en un paquete de regalo. El poder de las mujeres, confrontado al miedo de los hombres, desencadena la muerte, la fatalidad.

Los esclavos y los culis chinos e indios estaban fuera de su entorno natural, mientras que los culis vietnamitas se quedaron en su tierra en condiciones parecidas, impuestas por colonos expatriados.

A Mai le habían encomendado la misión de infiltrarse en la plantación de Alexandre. Se alegraba de poder salvar unos cuantos árboles cada día; les hacía una incisión profunda y de ese modo impedía que la savia volviese a brotar, a sangrar de nuevo para el propietario. Mai se levantaba todos los días a las cuatro de la mañana para demostrar su amor patriótico destruyendo al amo Alexandre al infligir a su propiedad una muerte a fuego lento: un árbol cada vez, una incisión cada vez, al estilo de los emperadores chinos. *Death by a thousand cuts.* Su amor por Alexandre puso fin a su misión. Alexandre arrastró a Mai del pelo hasta su habitación. Le ordenó que hiciera los gestos habituales de sus *con gái*. Mai no sólo se negó, sino que, hacha en mano, se abalanzó sobre él dispuesta a cercenarle la garganta a cuarenta y cinco grados con respecto a la vertical.

Mai tenía intención de matar a Alexandre o, por lo menos, de expulsarlo del territorio y después del país. Alexandre era perro viejo: lo habían endurecido la riqueza del látex, las picaduras de las hormigas rojas y las brisas tórridas que quemaban su piel de galo.

Ella había esperado aquel momento desde su entrada en la plantación. Animada por el deseo de matar, de vengar a su pueblo, se precipitó hacia los ojos de Alexandre, dos bolas de jade. La calma de su mirada desestabilizó a Mai; su impulso incendiario se detuvo en seco ante la impresión repentina de regresar a su ciudad natal, al verde sereno y denso de la bahía de Ha Long. Alexandre, por su parte, profundamente cansado de que nadie lo amara, se abandonó a la espera de un largo descanso, el final del combate centenario que se perpetuaba en aquella tierra extranjera y que la fuerza de las circunstancias había convertido en la suya.

Si la historia de amor entre Mai y Alexandre hubiese llegado a oídos de algún investigador, quizás el síndrome de Estocolmo habría recibido el nombre de Tây Ninh, Bên Cui, Xa Cam... Mai, adolescente decidida, poseída por la misión que se le había asignado, no supo desconfiar del amor y sus sinsentidos. No sabía que los impulsos del corazón pueden deslumbrar más que un sol de mediodía, sin aviso ni lógica. El amor, como la muerte, no necesita llamar dos veces para hacerse oír.

En aquel entonces, el flechazo convertido en amor entre Mai y Alexandre encontró opiniones divididas en el entorno de ambos. Los soñadores idealistas y románticos querían ver en él la posibilidad de un mundo mejor, simbiótico, entretejido. Los realistas y los comprometidos condenaban su despreocupación, mejor dicho, la imprudencia de difuminar los límites invirtiendo los papeles.

En ese lugar de proximidad y de rivalidad, el nacimiento de Tâm, hija del propietario y su obrera, de dos enemigos, tenía sin embargo algo de corriente, de cotidiano.

En el nido tierno y protector que le ofrecía su pequeña familia, Tâm crece entre el privilegio del poder de Alexandre y la vergüenza de la traición de Mai a la causa patriótica. Las tartas de cumpleaños con crema de mantequilla trazan una frontera tangible entre ella y los niños del pueblo, en el que viven los culis y sus familias. Alexandre y Mai, sus padres, la niñera, el jardinero y las cocineras forman una muralla tan ceñida a su alrededor que nunca ha tenido ocasión de jugar con los hijos de los obreros. Pero el día en que los bandos enemigos deciden enfrentarse abiertamente, todos forman un único cuerpo de batalla. Las balas no hacen distinción entre el que seca el caucho con humo y la que recibe clases de piano. Quien arrastra un rollo de cien kilos de látex comprimido y quien ya sólo utiliza las manos para el amor reciben el mismo tratamiento antes de exhalar su último suspiro. Antes de la aparición de los drones, antes de los ataques a distancia, antes de que fuera posible matar sin ensuciarse los ojos ni las manos, el campo de batalla era probablemente el único lugar donde los humanos acababan por igualarse mientras se eliminaban unos a otros.

Así fue como los destinos de Alexandre y de Mai se unieron para siempre con los de los obreros caídos en el mismo lugar, los cuerpos de unos apilados sobre los de otros bajo los escombros y en medio del silencio del horror, en medio de la lluvia de chispas que atraviesa las hileras de árboles.

Refugiada entre la impenetrable caja fuerte convertida en escudo y un aparador con ruedas, la niñera pudo proteger a Tâm y se convirtió *de facto* en su madre.

La niñera sacó a Tâm de su escondite en la primera tregua, en el momento en que el único ruido repetitivo que laceraba la hacienda bañada en luz era el de las aspas de los ventiladores. Corrieron juntas en dirección opuesta a la fábrica; su aliento seguía el ritmo de sus pasos, en medio del silencio de los pájaros, lejos de los cuerpos que se vaciaban de su identidad, de su sentido. El suelo, desnudo, ya no era una pista de baile para el sol y las hojas. El clima tropical se volvía cruel, sin filtro, sin piedad. Gracias a la generosidad de un niño que tiraba de su búfalo, de un soldado que iba conduciendo su todoterreno y de un hombre que transportaba vasijas vacías, al cabo de unas semanas llegaron al pueblo natal de la niñera. Tâm, con el rostro cubierto de polvo, conoció a su nuevo *hermano mayor* y a su nueva *abuela*. La suciedad del camino había oscurecido su cabello claro y sus ojos color caramelo, el viento había ajado las rosas rojas de su vestido. Su infancia, como una flor cortada, se había marchitado antes de eclosionar.

Tâm vivió tres años en My Lai. De la *abuela* aprendió a recoger los granos de arroz que caían de las balas de paja durante la trilla y el aventado. En My Lai, como en otros pueblos, eran muchos los abuelos que criaban a sus nietos. Por necesidad, los familiares apoyan al más capaz de conseguir el trabajo mejor pagado. Por deber, quien consigue ese trabajo cubre a su vez las necesidades de la familia. Por amor, los padres o las madres dejan a sus hijos para que ellos no los recuerden consolándose de la lluvia de insultos que reciben en la pocilga o en la casa, mientras recogen los añicos del cuenco que les han roto en la cabeza.

LA CRIADA Y ALEXANDRE

La criada de Alexandre había tenido que esperar más de dos décadas para acceder al puesto de niñera cuando nació Tâm. Era la única en haber atravesado las tempestades externas e internas, las tristezas sin fondo, los excesos sin razón de su amo. Sabía leer la preocupación en el ruido de sus tacones contra el suelo. Sólo ella sabía medir el peso de su nostalgia y su resistencia a echar raíces en Vietnam. Al principio él no se quitaba la chaqueta y se comportaba como un ingeniero ante sus predecesores de camisas entreabiertas, arrugadas y astrosas. Se obligaba a sentarse derecho en la silla para no irse de la lengua, como sus compatriotas. A diferencia de los propietarios entrados en años, al principio hundía sus manos en la tierra roja para olerla al mismo tiempo que los indígenas. Sin embargo, a un ritmo lento y pernicioso, su cuerpo empezó a imitar el de sus semejantes. Inconscientemente, fue dejando poco a poco que su mano se abatiera sobre las nucas rígidas de los culis, a los que regañaba por el descenso en la producción, en lugar de examinar las raíces envenenadas de los árboles. Convertido en un viejo guerrero curtido por los monzones, las incertidumbres financieras y la desilusión, cada vez se parecía más a los demás propietarios.

La niñera había entrado a su servicio a los quince años; era una niña madre separada de su hijo. Al principio fue la criada de la criada de la criada jefe. Era la última en comer los restos de las comidas, a pesar de ser ella la que había desplumado el pollo, limpiado las escamas del pescado, picado la carne de cerdo con cuchillo... El día en que se marchó su superiora inmediata, heredó la tarea de ocuparse de la habitación de Alexandre, es decir, el cometido de velar por el descanso de su amo sin hacerse notar. Sólo con examinar los pliegues de la sábana era capaz de decir cuáles eran los días en que las preocupaciones habían inmovilizado a Alexandre en el borde de la cama, sentado con la cabeza entre las manos. Por la presencia de cabellos color ébano y por los lugares en que éstos se encontraban, casi podía describir la coreografía del juego amoroso. Los años que había pasado a la sombra de Alexandre le habían servido para conocer y hacer suya la lógica que éste seguía para esconder una parte de sus ahorros. Se había convertido en la guardiana del gran libro vacío de páginas, pero lleno de fajos de billetes y de anillos de oro ensartados en una cadena también de oro de veinticuatro quilates. A diario echaba un vistazo a la tapa dura para borrar las huellas de los dedos de Alexandre. De ese modo sería difícil que los ladrones distinguiesen ese volumen de los demás en la estantería. Era la sombra que seguía la sombra de Alexandre: su ángel guardián.

Gracias a la llegada de Tâm, la sirvienta convertida en niñera pudo hacer de madre y recuperar las sonrisas que se había perdido con su hijo, al que había dejado en My Lai, en casa de su madre. A partir de ese momento, los empleados la llamaron *Chị Vú*, es decir, «hermana mayor pecho». Las mujeres ricas a veces contrataban a una joven madre para que amamantara a sus bebés, con el fin de que no se les estropease el pecho. La lengua vietnamita es tremendamente púdica, pero la palabra *pecho* se dice sin vacilación ni incomodidad porque los pechos están desprovistos de todo erotismo en este contexto. Puesto que las amas alquilaban los pechos de las mujeres *Chị Vu*, se permitían tratarlas como si fuesen objetos y exigían que alimentasen sólo a sus hijos, de forma exclusiva. Arriesgándose a represalias y despidos, algunas *Chị Vu* intentaban visitar a su progenie a la caída de la noche. La mayor parte de ellas se encariñaban con el rorro al que amamantaban porque el suyo, el bebé al que habían dado a luz, vivía a cincuenta, cien o quinientos kilómetros de ellas. Las amas cedían su privilegio maternal en nombre de la belleza sin sospechar que sus hijos sentirían más apego a la fragancia del sudor de su *Chị Vú* que al de esas aguas de colonia importadas con las que se rociaban la piel.

La niñera no le dio el pecho a Tâm. La crio corriendo tras ella cuchara en mano, transformando las comidas en el alborozo de dos amigas que jugaban al escondite.

En My Lai la niñera de Tâm la llevaba en bicicleta pedaleando decenas de kilómetros para que pudiera seguir sus clases de piano. Prefería remendarse el pantalón docenas de veces antes que abrir el libro lleno de anillos y plata que las había acompañado en su huida. Durante el día animaba a Tâm a tomar asiento en el pupitre del colegio; por la noche la protegía de las miradas curiosas acostándola entre ella y la abuela.

Con el fin de respetar la voluntad de Alexandre y de Mai, la niñera de Tâm buscó la ayuda de los profesores de la región para cumplimentar los formularios necesarios de modo que Tâm pudiera presentarse al examen de acceso a la escuela más prestigiosa de Saigón. El instituto Gia Long había sobrevivido a las mudanzas, a las ocupaciones y a la metamorfosis de su misión sin perder su buen nombre. Tras su fundación a comienzos del siglo XX, momento en que recibió el nombre de

Colegio de muchachas indígenas, el centro exigía el uso del francés, salvo durante las dos horas semanales de clase de literatura vietnamita. Al cabo de unas décadas se introdujo la enseñanza en lengua vietnamita y pronto llegó el inglés. Cada año se admitía sólo al diez por ciento de las miles de muchachas llegadas de todas partes para presentarse al examen. La prueba atraía a las mejores porque las diplomadas podían convertirse en grandes esposas y, accidentalmente, en mujeres comprometidas, es decir, en revolucionarias.

La niñera opinaba que Tâm debía abandonar My Lai por la ciudad de Saigón, que podría ofrecerle todas las oportunidades, a diferencia del pueblo, que la obligaba a doblar el espinazo y a encorvar los hombros para que las palabras de las malas lenguas salieran volando.

La víspera de su largo periplo en autobús, la niñera pasó toda la noche en vela para ahuyentar a los mosquitos y refrescar a Tâm moviendo con mucha suavidad el abanico por encima de su espalda; cuando la jovencita se despertó, la esperaba un *bánh mì* con salchichón de cerdo, pepino y cilantro. También había preparado bolas de arroz glutinoso con cacahuetes frescos, envueltas en hojas de banano, y había empaquetado unas jibias secas para dárselas en Saigón al gerente del albergue, un antiguo obrero de la plantación.

La calle del instituto estaba abarrotada de madres, de tías, de mujeres. Durante los dos días de exámenes, la niñera no paró de desgranar con obsesión las cuentas de su rosario entre los dedos. Era evidente que ni Dios ni Buda podían responder a las plegarias de todas las personas que había en aquella acera, pues eran cientos de veces más numerosas que la cantidad de plazas disponibles. Así pues, la niñera decidió pedir la intercesión del alma de Mai, que debía de conocer las respuestas del examen, puesto que ella misma lo había superado.

Cuando el nombre de Tâm apareció publicado en la lista de alumnas admitidas, la niñera supo que el espíritu de Mai había velado por su hija.

Se estableció en Vietnam mediante el cultivo de las tierras. Se halla tan arraigada que todos los vietnamitas usan al menos un centenar de palabras francesas sin ser conscientes de ello.

café (café): *cà phê*
gâteau (pastel): *ga-tô*
beurre (mantequilla): *bơ*
cyclo (ciclo, especie de bicitaxi): *xính lô*
pâté (paté): *pa-tê*
antenne (antena): *ăng-ten*
parabole (parábola): *parabôn*
gant (guante): *găng*
crème (crema): *kem / cà rem*
bille (canica): *bi*
bière (cerveza): *bia*
moteur (motor): *mô tơ*
chemise (camisa): *sơ mi*
dentelle (encaje): *đăng ten*

poupée (muñeca): *búp bê*
moto (moto): *mô tô*
compas (compás): *com pas*
équipe (equipo): *ê kíp*
Nöel (Navidades): *nô en*
scandale (escándalo): *xì căng đan*
guitare (guitarra): *ghi ta*
radio (radio): *ra dô*
taxi (taxi): *tắc xi*
galant (galante): *ga lăng*
chef (jefe): *sếp*

Cada una de estas palabras aporta algo a la vida cotidiana vietnamita. A cambio, los colonos franceses adquirieron vocablos vietnamitas. Las pronunciaron según los usos de su lengua y, en ocasiones, las revistieron de un segundo sentido. *Con gái* ya no significaba sólo «muchacha», sino también «prostituta». Sobre todo, prostituta. Solamente prostituta.

Alexandre nunca volvió a pronunciar la palabra *con gái* después del nacimiento de Tâm, aunque era una niña. Porque era su niña.

La niñera honró el amor entre Mai y Alexandre al mudarse a Saigón para cuidar de Tâm como una madre, en cuanto madre. Todos los días esperaba a Tâm después de clase con un vaso de zumo de hierbas lleno de cubitos de hielo. Creyendo que las vitaminas del *rau má* eran la razón de las excelentes notas de la muchacha, la gente la imitó. La niñera prefería aquella bebida al zumo de caña de azúcar por la palabra *má*, que significa «mamá». Quería que Tâm oyese pronunciar la palabra *má* en su vida cotidiana. Durante su primer año de instituto, se observó aquella rutina sin fallar ni un día. Los anillos de oro se vendían al ritmo de las necesidades, que iban desde el alquiler de un antiguo trastero de dos por cinco metros embutido entre dos edificios nuevos hasta la botella de tinta malva, pasando por la ropa interior y los cuatro pasadores que recogían el fino pelo durante las clases.

La niñera había cosido los anillos que le quedaban a los dos bolsillos doblemente disimulados de la camisa de algodón blanco que llevaba bajo otra blusa de manga larga y color vino descolorida por el sol. Protegida por su viejo sombrero cónico, se deslizaba por las calles entre los ladrones, los malhechores y los curiosos cual sombra sin alma ni historia. Sin ella, los lobos de la ciudad habrían devorado a Tâm de un solo bocado. Aunque la muchacha lucía el mismo uniforme blanco que sus compañeras, aunque llevaba el pelo recogido en dos trenzas, como la mayor parte de las alumnas de su edad, su cutis luminoso deslumbraba hasta a los ojos más saturados. Por suerte, los hombros bien derechos de Tâm ahuyentaban a la gente acostumbrada a la belleza tradicional, que recomienda la discreción de las mujeres. De época en época, los poetas celebran la gracilidad de los hombros hundidos. De moda en moda, los creadores de la túnica vietnamita insisten en colocarle mangas raglán, ajustando las dos piezas de tela con una costura que va del cuello a la axila para evitar realzar la anchura de espaldas. Así pues, a los extranjeros les cuesta calcular la fuerza de los hombros que acarrean las pesadas pértigas que transportan tanto sopas como ladrillos para vender, eso por no hablar del vidrio y del metal de los obuses para reciclarlos.

Nadie habría sospechado que la niñera de Tâm levantaba cinco docenas de mazorcas de maíz en un cesto y un horno de carbón en el otro. Se las vendía a los transeúntes de dos formas: hervidas o tostadas, aderezadas con salsa de cebolla verde. Recorría el barrio durante las horas de clase, pero nunca después. Si no conseguía venderlo todo, regalaba los restos a los mendigos del barrio.

Durante unas vacaciones escolares, la niñera decidió volver a My Lai con Tâm para celebrar la llegada del primer bebé de su hijo y su nuera. Tâm optó por llevar de regalo dos conjuntos de camisetas y pantalones cortos a juego, y la niñera, un frasco de polvos de talco, un biberón, un sombrero y una pequeña cadena de oro con una fina placa. Nada más llegar, la niñera preparó con las vecinas un festín digno de un rey para celebrar el primer mes de su nieto, fiesta que marca el final de una etapa crítica para el recién nacido y su comienzo en la vida real. La niñera se quedó dormida, embriagada por el perfume de la piel del bebé, al que había pasado largo rato olisqueando. Tâm, como de costumbre, se acostó a su lado sobre la estera de la cama de bambú.

Normalmente la niñera se despertaba al alba. Dado que el día anterior había sido festivo, el cansancio la hizo permanecer en la cama hasta que los helicópteros sobrevolaron los campos de arroz como una tempestad de insectos. Los campesinos no temen a los soldados por sus granadas ni sus metralletas, sino por su imprevisibilidad. Pero como el pueblo estaba acostumbrado a las patrullas sorpresa, los vecinos siguieron tomando el desayuno, la amiga de la infancia de la niñera se marchó al mercado, el sabio recitó un poema en su hamaca y los niños corrieron hacia los soldados que llegaban a pie, con la esperanza de recibir bombones, lápices y caramelos. Nadie se esperaba que prendiesen fuego a las cabañas y disparasen con la misma alegría a las gallinas y los humanos.

El día anterior Tâm se había acostado siendo niña; al siguiente, se levantó sin familia. Pasó de las risas al silencio de los adultos de lenguas cortadas. En cuatro horas sus largas trenzas de chiquilla se deshicieron ante aquellos cráneos sin cuero cabelludo.

Si le hubieran preguntado, la niñera habría preferido morir al mismo tiempo que la cerda y en lugar de su vecino para no ser testigo de la violación de sus hijas. Mientras suplica a los atacantes que no derriben la puerta del cuerpo de Tâm ni de su nuera y que no las acuchillen, como hacen sus compañeros de armas, ve con el rabillo del ojo que un soldado escondido tras las balas de paja se dispara en el pie. Sus compañeros creen que grita por la herida, pero ella sabe que ha gritado antes, mucho antes, con la cabeza oculta entre los muslos. La niñera pasa cuatro horas viendo cómo queman vivos a los campesinos en su escondite bajo tierra, cómo les amputan las orejas, cómo les acribillan el pecho. Ve a gente aterrorizada, sobrecogida, incrédula y también desafiante.

Está presente cuando un soldado recibe la orden de empujar a un pequeño grupo hacia el canal de irrigación que rodea los arrozales. El soldado cree que le están ordenando montar guardia: «*Take care of them*». En vista de que el tiempo transcurre con lentitud delante de todas esas personas desarmadas, el soldado se dirige a los niños: canta una cancioncilla, remeda los gestos que acompañan «Jack and Jill go up the hill», hace grandes globos con el chicle. Siente alivio por que le hayan encomendado esa tarea, porque el miedo de tener que destapar los escondrijos bajo tierra le había hecho orinarse encima. Nunca sabía cuánta gente podía estar esperándolo en aquellos agujeros de profundidad variable. ¿Un metro, dos metros, cinco metros? ¿Con o sin granada? ¿Con o sin cañas de bambú con la punta cubierta de orina y materia fecal dispuestas a atravesarle el cuerpo? A sus diecinueve años aún recuerda con claridad los momentos en que jugaba al escondite con sus hermanos y sus primos. Era de esos niños que se sobresaltaban tanto al descubrir el escondite de sus amigos como cuando lo descubrían a él. Su padre habría estado orgulloso de verlo vigilar a sus enemigos, de rodillas y sentados sobre sus talones, a pesar de que no había vivido aún su primer amor. Por suerte, su padre nunca vería la imagen del soldado llorando ante su superior, que había regresado a chillarle la orden en plena cara: «*Take care of them!*». Así fue como cerró los ojos y vació el cargador de la metralleta.

Pasarán varios meses antes de que los políticos y los jueces le muestren la foto del bebé casi desnudo, atravesado boca abajo sobre la pila de cadáveres, como una cereza encima de un *sundae*.

–Me ordenaron que matase todo lo que se movía.

–¿A los civiles?

–Sí.

–¿A los viejos?

–Sí.

–¿A las mujeres?

–Sí, a las mujeres.

–¿A los bebés?

–A los bebés.

Responderá con naturalidad, sin necesidad de reflexionar. No es el único que puede ser duro como una piedra. El soldado que comentará la foto en la que aparece la niñera tiene los hombros cuadrados y la espalda crispada. Afirmará que les ahorró sufrimiento a la niñera, a su hijo, a su nieto y a su nuera al eliminarlos. Seguramente el fotógrafo recibió la orden de captar el instante en suspenso, con miras a futuros estudios sobre el comportamiento humano. Treinta segundos antes de una muerte no anunciada pero segura, cada uno reacciona de una manera distinta. Aquel día había varias opciones: que te quemasen, que te enterrasen vivo o que te mataran de un balazo.

De pie entre un árbol centenario y el objetivo del fotógrafo, la niñera muestra un rostro aterrorizado, como si ya estuviera viendo que la muerte se abalanzaba sobre ellos. El hijo abraza a su madre con todo el cuerpo, mientras que su joven esposa se aferra al niño al tiempo que se abrocha el último botón de la blusa. En la foto se ve el triángulo de piel que tiene justo encima del ombligo; su rostro, inclinado hacia abajo, con una mirada ensimismada, muestra una insólita calma; acaba de recogerse el pelo, y la ropa está arrugada y cubierta de polvo. Mucho después el fotógrafo se preguntará si no sería el clic de su cámara el que desencadenó la descarga de metralleta del soldado. Con tono lento y comedido, el fotógrafo declarará que habían violado a la joven y que estaba vistiéndose cuando las balas la abatieron. Intentaba en vano apretar el corchete con los dedos mientras las piernas de su bebé tiraban hacia un lado de la blusa.

Cayó antes de que le diese tiempo a levantar la cabeza y mirar al objetivo.

A Tâm la empujaron por un barranco. No asistió a los últimos instantes de su niñera, del mismo modo en que no había visto morir a sus padres. Así pues, podía creer que estaban abrazados en la hamaca del jardín, cerca del macizo de buganvillas, y que nunca emergieron de las profundidades de su sueño amoroso para recibir la muerte.

Tâm imagina que su niñera ha conseguido escapar y que ahora vive con su nieto en un pueblo apartado en las montañas. Ese día creyó que la habían alcanzado los tiros del soldado, que acabó por comprender las órdenes de su superior. En realidad, se había desmayado al ver estallar la cabeza de un bebé atado al pecho de su madre con una tira de tela. Tâm no podía sospechar que el soldado había disparado a aquella mujer pensando que transportaba armas en los cestos de su pértiga.

Los estadounidenses hablan de *guerra de Vietnam*, y los vietnamitas, de *guerra estadounidense*. En esa diferencia reside quizás la causa de la guerra.

Si Tâm hubiera sabido que un piloto de helicóptero repararía en ella mientras se apartaba de aquellos cuerpos inertes, no se habría movido. A diferencia del bebé al que mataron en la segunda salva de disparos por haber chillado, Tâm no necesitaba un pecho materno en la boca para callarse y hacerse la muerta. La sangre de los demás le corría por la oreja, cosa que le daba la impresión de que la protegía el infierno, ese lugar prohibido para los humanos. Pero no a todos se les concede la muerte.

El piloto vio los cabellos de Tâm ondulándole por la espalda de la misma manera que la cabellera de su hija Diane, a la que había dormido unos meses, unos días, unas horas antes.

El piloto vio la vida. El helicóptero descendió hasta Tâm para sacarla de entre los cadáveres inundados de luz. La levantó tirando de su blusa mojada, manchada de imágenes indelebles. Subió de nuevo, con ella colgando del brazo, en línea directa hacia el cielo.

El piloto le dio una oportunidad a la vida. Le dio una oportunidad a su propia vida, la que lo esperaba tras la guerra, tras My Lai, tras Tâm, cuando regresara con los suyos.

EL SOLDADO (O LA MÁQUINA DE GUERRA)

Cuando el soldado que mató a la niñera y a su familia volvió a la vida civil, contaba con idénticas dosis de entusiasmo y desapego cómo había sobrevivido a la trampa de las serpientes *de dos pasos*, cuyo veneno mataba al momento, y a la de la explosión de la granada atada a la bandera enemiga de la que había querido apoderarse, de recuerdo, cuando su batallón había tomado un pueblo. Exhibe la arrogancia de quien, durante el despliegue, ha caminado a escasos centímetros de la muerte, de ése a quien por pocos segundos no han pulverizado, de quien ha estado a punto de dar el último suspiro. Se casó y crio a su hijo con seguridad y desenvoltura hasta el día en que una bala perdida alcanzó la cabeza del niño mientras corría tras el perro. Desde entonces el exsoldado permanece inmóvil sobre el sofá catorce horas al día, y le tiembla el cuerpo entero a pesar de la medicación. Ya no se atreve a dormir porque al cerrar los ojos ve la imagen que tiene grabada del cuerpo de la mujer a la que abatió. Cuando cierra los ojos vuelve a vivir el pánico que experimentó ante la cabeza reventada del bebé, aún pegado al pecho de su madre. No guarda ningún recuerdo de las víctimas siguientes. Apuntó su M16 y luego disparó con los ojos abiertos con el fin de ahogar a sus dos primeras víctimas en un mar de muertes nuevas. Los había enterrado a todos, como a sí mismo, en alcohol hasta el día del funeral de su hijo.

Cuando el marco de la foto del niño cayó al suelo, el vidrio agrietado lo devolvió a aquel dique en el que se convirtió en un robot, en el que la máquina que llevaba en la cabeza se puso en funcionamiento, en el que una única palabra le rondaba la mente: *kill*. Se negó a que su mujer comprase un marco nuevo. A partir del momento en el que se sentó en el sillón, al lado de la foto rota, empezó a envenenarse: engullía cada día una veintena de pastillas con la esperanza de marcharse de una vez al encuentro de su hijo y arrodillarse ante aquella mujer y su bebé vivos. El tiempo retrocedería, volvería a ser virgen y regresaría el origen del mundo.

Tâm puede describir con precisión la manera en que los soldados, arremangados hasta los codos, deslizaban el as de picas bajo la correa del casco y metían la pernera del pantalón en las botas.

Por el contrario, no recuerda el rostro de ningún soldado. Quizá las máquinas de guerra no tienen rostro humano.

En su recuerdo únicamente un soldado parecía humano. Tenía las mejillas carnosas y la piel suave. Cuando el piloto estadounidense la levantó por la blusa, Tâm tenía el cielo a la espalda. Aquella mano invisible la arrancó a una velocidad vertiginosa del baño de sangre, de sus compatriotas, de su historia. Durante el vuelo no sólo comprendió que estaba viva, sino que iba a tocar el cielo gracias a aquel soldado de mejillas tan sonrosadas como las de Alexandre, su padre.

No habría sabido decir en qué momento la llevaron a tierra y la confiaron a las hermanas enfermeras, aquellas mujeres fieles a su Dios y consagradas a los desarraigados.

Durante tres años Tâm creció entre sus brazos, en comunión con la risa fácil de los huérfanos, que tienen todo que ganar.

TÂM Y LA SEÑORA NAOMI

El 11 de julio de 1973 las hermanas le piden a Tâm
que acompañe a un niño a Saigón para confiarlo
a sus padres adoptivos. Aquel viaje, que no debía durar más de cuarenta y ocho horas, se prolonga a causa del retraso de los aviones y de unas
nuevas estrategias militares. Tâm duerme haciendo la cucharita con el niño sobre el suelo del orfanato fundado por la señora Naomi en Saigón.
Todos los días llegan bebés nuevos: por la puerta
delantera, por la ventana lateral y por el callejón
vecino; normalmente una vez caída la noche, pero también en pleno día, cuando el sudor entur-
bia las miradas. Su estancia se alarga una semana
más. Sin un suspiro, sin pestañear siquiera, Tâm
se pone manos a la obra y sumerge de inmediato las manos en el gran barreño de agua jabonosa
lleno de pantaloncitos cortos y de cuadrados de
tela que servían de pañales una vez doblados en
triángulo. Sacude el polvo de las esteras y barre

el suelo como hacía su niñera, desde el extremo hacia el centro.

Puesto que Târn ha ido al instituto, está familiarizada con la densidad y el acelerado ajetreo de la metrópolis. Por eso la señora Naomi le encomienda la tarea de ir a buscar al vestíbulo de un hotel una caja de leche en polvo, donación de unos estadounidenses. Târn no sabe que en esa ocasión se dispone a cruzar la puerta del *cuartel general de la CIA* y que, en el vestíbulo, unos hombres encorbatados intentan silenciar al piloto de mejillas sonrosadas.

Cuando, tres años antes, el piloto había decidido asomarse por la puerta abierta para sacar a una adolescente de aquel barranco, se mostró dispuesto a abrir fuego sobre sus compañeros de armas o a que ellos lo abatiesen. La familia militar, primero, y, después, los compatriotas y dirigentes políticos de su país le reprocharon haber opuesto sus valores personales a la lealtad a la patria. Su gesto introdujo el bien en el mal y confundió la fuerza y la inocencia. Su imputación y las consiguientes discusiones y debates lo sumieron en un torbellino de ruido y oscuridad sin escapatoria.

Sin embargo, ahora, en el vestíbulo del hotel que utiliza la CIA, le llega el momento de gracia cuando ve el uniforme de Tâm, de un gris austero, idéntico al de las hermanas del orfanato, a excepción del cuello bordado.

El piloto y Tâm no se reconocen. Pero sus miradas se cruzan. La atracción que siente por ella es tan fuerte que se atreve a abandonar la discusión con los hombres trajeados para ir a su encuentro. Queda con ella esa misma noche y, luego, al día siguiente y al otro.

La convence de que se quede en Saigón, de que lo espere en Saigón, de que lo ame en Saigón. La instala en un apartamento en el centro de la ciudad, cerca del mercado central Bến Thành, cerca del palacio presidencial, cerca de los hoteles, lejos del campo de batalla, lejos de él. El piloto y la muchacha vivieron tres días y tres noches de amor.

La primera noche el piloto soltó los cabellos de Tâm y le acarició la oreja izquierda. Vio el lóbulo que le faltaba, igual que el que se le cayó en la mano, medio arrancado, cuando apretó a la muchacha contra el helicóptero. Él se pasó toda la noche pidiéndole perdón, y ella, amándolo. Cuando clavó su mirada en la de Tâm, el conflicto que anidaba en su interior entre el hombre y el soldado se apaciguó. Por fin comprendió que había tenido razón al enfrentarse a la locura humana y haber conseguido preservar lo que quedaba de inocencia. Al tercer día el piloto tenía que regresar a la base. Volvería. Tâm lo esperó tres horas, tres días, tres años. Siguió esperándolo, pero ya sin contar las semanas, los meses, las décadas, pues los tres días con él habían sido eternidades, sus eternidades.

Uno de los miles de clubes nocturnos que habían brotado en la ciudad como champiñones reclutó rápidamente a Tâm. Al pie de su apartamento, el ruido de las manos cargadas de llaves que se alejan por el pasillo, el silencio de las corrientes de aire a su paso y las repetidas amenazas de desahucio la obligaron a acceder a alimentar con su carne a los hambrientos. De la boca de cada uno de los soldados que le reclaman gestos de cariño espera oír el timbre de la voz del piloto. Cada vez que entrega su cuerpo se le para el corazón. Se mantiene con vida para seguir esperándolo, a pesar de que en algún lugar al otro lado del Pacífico, en San Diego, ya les han anunciado la muerte del piloto a su mujer y a su hija. A ella no le dicen que una rueda de avión lo aplastó accidentalmente. El peso del aparato destrozó su corazón, demasiado ebrio de amor para recordar la prudencia

elemental. Falleció en el momento en que acaba-
ba de recobrar, por primera vez desde My Lai, el
gusto de respirar a pleno pulmón.

Entre sus compañeros se decía que al piloto la muerte le había llegado con tanta rapidez que no tuvo tiempo de borrarle la sonrisa.

Tâm no sabe nada. En su soledad acoge las insinuaciones de soldados llenos de heridas invisibles pero perceptibles al tacto en la penumbra, como las algas fluorescentes en las olas marinas, que sólo se ven una vez caída la noche. Los miedos y las angustias de aquellos hombres calman los suyos; el peso de sus cuerpos oprimidos libera el suyo. Algunos se prendan de Tâm, de su inglés salpicado de palabras francesas y teñido de acento vietnamita. Agazapados contra ella, sueñan con un día a día normal y corriente, con la posibilidad de una vida cotidiana con ella en Austin, en Cedar Rapids, en Trenton... Cada vez que desvelan sus sueños, ella asiente posando la mano sobre sus mejillas antes de dejarlos marchar de nuevo a la espesura de la jungla, llena de miscantos gigantes, de hierbas que cortan como cuchillas en un follaje sembrado de trampas de la guerrilla vietnamita, que se abalanzan sobre ellos con dientes de hierro y garras de acero.

R & R

El Ejército concede a los soldados cinco días de descanso a partir de su tercer mes de servicio. Éstos pueden elegir entre una larga lista de destinos por orden de preferencia. Los enamorados normalmente optan por Hawái, para encontrarse allí con su dulce novia estadounidense. Los aficionados a los productos electrónicos y las cámaras de fotos vuelan en dirección a Japón y a Taiwán. Hong Kong y Singapur atraen a los que quieren enriquecer su guardarropa antes de volver a casa. Australia es el destino preferido porque allí hay mujeres que, con una lengua común y rostros familiares, los felicitan como si fuesen héroes.

También pueden elegir quedarse en Vietnam, visitar las playas de Vung Tau o sumergirse en el torbellino ensordecedor de Saigón. Da igual en qué parte del país aterricen: un equipo los acoge para ponerlos en guardia contra las trampas que los aguardan en los bares, pues sus superiores saben de antemano que la mayor parte de los soldados pasarán todo su permiso en los brazos experimentados de mujeres que conocen mejor que ellos mismos sus fantasmas, sus demonios y sus necesidades. Pero, dado que cuentan con un tiempo limitado, el único alivio posible, el único que pueden ofrecerles, es el alcohol y los falsos gestos de amor, como en las películas. Los soldados regresan a la jungla colmados, ya que ellas han respondido exactamente a sus expectativas. Poco a poco, el concepto de R&R, acrónimo de *rest and recreation*, se precisó para convertirse en *rape and run* o *rape and ruin*. También se acuñaron otros acrónimos igual de realistas, como A&A, *ass and alcohol*; I&I, *intercourse and intoxication*, y P&P, para *pussy and popcorn*.

A su regreso a la base, el Ejército proporciona medicamentos para tratar a quienes traen recuerdos indeseables entre las piernas. Pero no ha previsto intervención alguna para suprimir las semillas que se han sembrado en el interior de los cuerpos de esas mujeres. Por eso algunas poblaciones asiáticas por lo demás homogéneas, como la de Vietnam del Sur, se diversifican gracias a unos niños de pelo claro o rizado, de ojos redondos y de largas pestañas, de piel oscura o con pecas, casi siempre sin padre y a menudo sin madre.

Un niñito más que nace sin nombre. La vendedora de mandioca y de batatas naranjas, moradas y blancas le ha dado un trozo de plástico transparente para protegerlo de la lluvia. Ella lo llama *mỹ đen*, es decir «Estados Unidos / estadounidense negro». El peluquero que cuelga el espejo del clavo oxidado del árbol cada mañana desde hace décadas prefiere llamarlo *con lai*, «niño mestizo», y a veces simplemente *đen*. La señora que tiene que atar ramas adicionales a su escoba para barrer la acera todas las noches amamantó a Louis al mismo tiempo que a su bebé, que tiene casi el mismo color de piel. Aquella madre nutricia no le puso nombre porque había nacido muda; o quizá se quedó muda tras hacerse la muerta para sobrevivir a una visita de rutina en su pueblo; o quizá perdió la palabra tras el nacimiento de su hijo, que tenía el cuerpo del mismo color que su madre y sus primos calcinados. Nadie lo sabe porque nadie se lo ha preguntado. Es que las cosas son así en este rincón del mundo, en este trozo de acera.

Una tarde, en esa misma acera, la joven que sale de un bar deja la puerta entreabierta durante un largo beso con su soldado norteamericano, que, a sus diecinueve o veinte años, puede que aún no haya tenido novia. Desde el interior, la música inunda el espacio que llega hasta la calle donde aparca el bicitaxi del barrio. El conductor no conoce a todos los soldados que frecuentan el bar, pero sabe predecir las consecuencias de cada uno de esos lánguidos besos. Muchas veces ha transportado a varias de esas jóvenes a casa de mujeres mayores que saben borrar el rastro de los amores efímeros. A veces son las propias muchachas las que tienen que desaparecer de la pista de baile y del bar para dar a luz al niño.

Louis no era el primer bebé que aparecía al pie de los tamarindos, como un fruto maduro caído del árbol o una plántula que brotaba del suelo. Así pues, nadie se había extrañado. Algunos se ocupaban de él, le daban una caja de cartón, agua de arroz, una prenda de ropa. En la calle los mayores adoptan a los más pequeños según los días, formando familias volantes.

Había que esperar a que la personalidad del niño se perfilase antes de encontrarle un nombre. Algunas veces se identifica a los niños con un apodo:

con què («niña pierna minusválida») o *thẳng thẹo* («niño cicatriz»). En el caso de Louis, fue a causa de la voz de Louis Armstrong que solía escaparse por la puerta entreabierta del bar tras la siesta del mediodía.

El bicitaxista estaba contento de haber tenido aquella idea, de haber establecido el vínculo entre la piel negra de Armstrong y la de Louis. A lo mejor su propósito era incitar a Louis a que imaginara la dulzura de las *clouds of white* a pesar del calor del hormigón bajo sus nalgas, a que oliera el perfume de las *red roses* sin el olor de su propia orina y a que visualizara *the colors of the rainbow* cuando los mosquitos cantaban con estrépito alrededor de su cabeza, cuando lo echaban a golpes de escoba, junto con los desechos, cuando salivaba delante de la gente que aspira ruidosamente sus fideos ardiendo para enfriarlos sólo un poco, lo justo... al ritmo de la música de aquel *wonderful world*.

A los seis o siete años, Louis ya domina el arte de pasar un largo anzuelo a través de las rejas de hierro forjado de las ventanas para pescar un pescado frito, un anillo, una cartera... Cuando roza con las manos los bolsillos de los transeúntes, los billetes vuelan con la misma rapidez que un batir de alas. Siempre ha sabido identificar en un abrir y cerrar de ojos el «corazón negro», el *tim đen* de una persona, la sede tanto del deseo como de la debilidad. Sabe que la madre que le dio el pecho quería mantenerlo con vida para alquilarlo a los mendigos profesionales. Un bebé de cuerpo blando confiere a la mano tendida de una mujer harapienta la nobleza de la maternidad. De la misma manera, la mirada perdida, el rostro estupefacto y las mejillas polvorientas de los lactantes malnutridos invitan a la gente a actuar como si fueran justicieros.

Louis sabía diferenciar el olor de sus madres de un día. La que hurgaba en los basureros cercanos olía a vida en ebullición y a la suma de los secretos de los habitantes del barrio. La vendedora de billetes de lotería desprendía un olor a tierra húmeda, mientras que la aguadora ofrecía frescura. Cuando Louis fue lo bastante mayor para caminar, acompañó a un cantante ciego que, con la ayuda de un micrófono portátil, difundía fragmentos dramáticos de comedias musicales folclóricas. Louis comprendió rápidamente que, cuanto más resonaba el altavoz, más rápido dejaba la gente monedas en el vaso de plástico.

Las madres de Louis le enseñaron cómo vagar alrededor de los quioscos callejeros para recoger los restos de los cuencos antes de que sus propietarios lo ahuyentasen. Algunos clientes dejan en el fondo de la sopa, voluntaria o involuntariamente, una loncha de carne. Otros se sienten tan violentos que prefieren lanzar el hueso y su médula a un perro callejero antes que dárselo a Louis. Algunos arrojan su servilleta de papel al resto de su sopa ante los ojos hambrientos de los mendigos. A menudo esos clientes son los que consideran que su comida no llega con la suficiente rapidez, que a su sopa tonkinesa le falta canela o que huele excesivamente a anís estrellado.

De tanto acechar e inspeccionar los restos, Louis ha aprendido a leer la personalidad de los clientes. Adivina quiénes son los que se abrasan las papilas con la guindilla para que su lengua pueda escupir palabras de fuego a su cónyuge infiel. Sabe diferenciar entre las gotitas de sudor que enmarcan el rostro a causa del caldo caliente y las que provoca el nerviosismo. Louis sabe que los dedos que tamborilean llevan mensajes. En ese caso, es mejor quedarse al margen de esas conversaciones codificadas, pues en una zona de conflicto la inocencia ya no es excusa una vez alcanzada la edad de la razón. A los siete años, se empieza a distinguir el bien del mal, la justicia del sueño, los actos de las intenciones. A los siete años, se puede presentar uno en una terraza abarrotada de militares para limpiar las botas aún manchadas de sangre o para lanzar una granada, siguiendo las órdenes de algún adulto. A los siete años, se supone que debe uno salir de la fase edípica, etapa por completo ajena al desarrollo de Louis. De todos modos, la edad de Louis varía según la memoria intermitente de los mendigos del barrio.

LOUIS Y TÂM (BAJO EL BALCÓN DE TÂM)

Bajo el balcón de Tâm pasan las vendedoras de cigarrillos, los perros callejeros y los niños adultos, entre ellos Louis. A los ocho años, en la época en la que Tâm se instala en el barrio, Louis ya es perro viejo, pues conoce íntimamente la temperatura del asfalto bajo sus pies durante el día y bajo su espalda durante la noche. A la sombra de los flamboyanes, se codea con los chóferes de los coches de empresa que juegan al ajedrez chino, el juego de los generales, mientras esperan a sus jefes. En la acera indica a los transeúntes el camino a la oficina de correos y a los bares de gogós disimulados tras los letreros que anuncian *restaurantes*. Se pasa el día recorriendo las calles con el mendigo mutilado, que circula tumbado boca abajo, a ras de suelo, sobre una tabla con ruedas. Louis le abre camino dividiendo en tres a la multitud: los corazones culpables, los corazones empáticos y los corazones endurecidos. Sabe en qué minuto quedarse inmóvil mientras espera que la gente saque el dinero de sus bolsillos o cuándo puede deslizar él mismo la mano en ellos. Es el sobrino de uno y el primo de otro sin tener apellido.

Durante la noche recupera su estado civil, el de huérfano, más precisamente el de huérfano negro que duerme tras los matorrales o bajo los bancos de la plazoleta, el de huérfano que desaparece bajo las estrellas, en la negrura del cielo abierto.

Cuando ya tuvo edad para correr tras la gente con su caja de trapos y betún ofreciéndose a limpiarles los zapatos, Louis *adoptó* a una joven estadounidense que enseñaba inglés en un centro de formación reservado a los empleados de la compañía aérea Pan Am. A Pamela le gusta sentarse en un banco del parque y dibujar el retrato de los niños que vagan por allí mientras les enseña las canciones de su infancia. Ve en Louis y sus compañeros de la calle modelos ricos en texturas, personajes de carácter fuerte, genios clandestinos. Tras unos cuantos ensayos, el grupo canta el alfabeto al unísono.

Louis aprende a escribir en los cuadernos que le lleva la joven; también dibuja letras en el polvo. Los días de mucho calor el sudor se convierte en tinta en la punta de los dedos sobre el granito de los bancos en el parque.

Los pequeños dan vueltas alrededor de Pamela; sus risas infantiles van acompañadas de palabras de la calle, las mismas que la gente lanza a diestro y siniestro, sin dirección precisa, según los arranques de ira y los descensos al infierno. Pamela repite tras ellos esos sonidos extranjeros redondeando los acentos agudos, suavizando los graves y aligerando los bajos, porque su lengua inglesa no sabe modular unas variaciones de tono tan angulosas como las que existen en la lengua vietnamita. Entre ellos se crea un nuevo lenguaje lleno de pleonasmos: «*Ok được! Go đi! Má Pamela*». *Má* significa «mamá». Los más pequeños prefieren llamarla «*Má*mela».

Pamela les ha explicado varias veces a los niños que tiene que marcharse para continuar sus estudios en Salt Lake City; sus niños la han escuchado e incluso consolado. Ellos piensan que es normal que quiera volver a una ciudad donde se come sal en lugar de salsa de pescado, que es normal que se vaya, pues nada es para siempre.

Al día siguiente de la partida de Pamela, abandonan a un bebé junto a Louis, dormido bajo el banco del parque. De madrugada, cuando una de sus madres lo despierta a puntapié limpio para que vaya a repartir cafés, ve al bebé. Al terminar la ronda mañanera, Louis se da cuenta de que el bebé no se ha movido. Sin pensárselo dos veces, roba una caja de cartón de fideos instantáneos vacía para poder colocar allí a la pequeña criatura de cabello claro y ojos cerrados. Louis está acostumbrado a erigirse en el Robin Hood de la familia efímera, probablemente debido a su gran estatura y a la capa que Pamela le había colocado a la espalda a modo de explicación de la palabra *superhero*. Las personas que no poseen más que lo puesto saben que deben y pueden apoyarse unas en otras. El que desgarra el fondo de un bolso con una cuchilla para hacerse con una cartera puede contar con la actuación de sus hermanos *de hueso y sangre*, que se agitan alegremente alrededor de la víctima. La que cambia las divisas de un cliente por *đồng* vietnamitas cuenta dos veces el mismo billete porque sabe que hay otras manos a punto de tirar del pantalón y la camisa del cliente. Por eso la mujer que acaba de ser madre otra vez, la que vende los Salem, los Lucky Strike y los Winston de contrabando, acepta darle el pecho al bebé que Louis ha encontrado.

Más adelante, el propio Louis alimenta a la pequeña con restos de caldo y leche condensada directamente del bote que trae del mercado, colándose entre los coches y las motos. De vez en cuando consigue que la vendedora de cajas usadas le dé una nueva, que le servirá de casa, de habitación y de cama. Una vez le quitó un sonajero morado y amarillo a una niña cuya madre se había quedado absorta con los zapatos de lamé dorado que había en un escaparate.

Louis lleva a su bebé a la espalda con la ayuda de una banda de tela, como los demás niños de la familia efímera llevan a su hermano o a su hermana. Por la noche cierra la parte superior de la caja para proteger los deditos del pie del bebé de las ratas glotonas. Está orgulloso de ser él quien le ha puesto el nombre de Hồng, en homenaje a sus mejillas sonrosadas a pesar del polvo. El contraste de color entre sus pieles llama la atención de los transeúntes, pero no extraña a su clan, acostumbrado a lo improbable, ya que las familias se forman según las circunstancias y los sentimientos. Una persona adopta a otra cogiendo la mano tendida para levantarse tras una caída. Se convierte en tía, sobrina o primo al compartir el agua de una fuente, el rincón de una calleja, el pie de una pared.

Louis vive durante meses piel con piel con em Hồng hasta el día en que, de camino hacia su orfanato, Naomi oye el llanto del bebé.

Con una mano construía asilos en Saigón para acoger a huérfanos. Con la otra, encontraba a gente que deseaba convertirse en padres de esos niños. A lo largo de su vida dio a luz cinco veces y llevó en brazos a más de setecientos niños.

Falleció sola. Como una huérfana.

Naomi sacó a em Hồng de la caja que Louis ro-
deaba con brazos y piernas mientras dormía a su
lado. Naomi quería llevarlos a los dos al orfanato, pero Louis se escapó. En un acto reflejo, salió
corriendo hacia la noche, como un ladrón. Corrió
largo rato. Lloró aún más. Pero, inevitablemente,
el alba llegó al día siguiente, y luego al siguiente, y
todos los días que siguieron, sin em Hồng.

Las manifestaciones, aquellos acontecimientos tan lucrativos para Louis y sus amigos, se multiplicaban. Sus manos se paseaban por los bolsillos de los manifestantes y sus pies se perdían en la multitud sin dejar rastro. Las calles ardían durante los toques de queda y los arranques de furia. Por un lado, los guardianes del orden debían mostrar su autoridad y la superioridad de su fuerza extendiendo los brazos armados de porras y metralletas. Por el otro, no podían evitar admirar el valor de los manifestantes, la determinación de enfrentarse a sus armas con las manos desnudas, de derrocar un Gobierno elegido casi por unanimidad, de atreverse a caminar hacia un nuevo horizonte. Los policías y los militares tuvieron que contenerse para no prosternarse ante aquel monje que permaneció en la posición del loto, a pesar del chasquido de la cerilla junto a la túnica impregnada de gasolina, hasta que su cuerpo quedó completamente carbonizado. Uno de los escasos fotógrafos que no estaban durmiendo la siesta ese día inmortalizó la imagen del monje convertido en una antorcha humana. A despecho del respeto innegable que inspiraba la fortaleza mental del bonzo, la inmolación suscitó acalorados debates sobre el budismo y el deseo de protegerlo contra las impurezas de la política.

Madame Nhu, cuñada del presidente de Vietnam del Sur y la mujer más poderosa del país, desató la indignación de los medios y la clase política cuando utilizó la palabra *barbacoa* para referirse a la inmolación. Rígida y elegante con el *áo dài* tradicional, que modernizó al dejar al descubierto el cuello y una parte de los hombros, censuró la falta de autonomía del bonzo, que usó gasolina importada para su suicidio público.

En ocasiones el vigilante de la catedral de Notre-Dame de Saigón deja que Louis se acueste debajo de los bancos, en las frescas baldosas, cuando necesita un refugio o cuando ha salido herido a causa de un perro, una esquirla de vidrio o una ofensa verbal. De ese modo, un día el taconeo de madame Nhu camino del altar despierta a Louis. Ella y su hija están solas en medio de un grupo de hombres. Bajo el delicado cuadrado de encaje que oculta parcialmente su rostro se halla su mirada categórica. Louis no estaba en condiciones de comprender las órdenes que madame Nhu había dado como respuesta del Gobierno ante la oleada de apoyo a los budistas. Pero sabe instintivamente que las uñas de esa mujer con rostro de muneca, cuerpo menudo y aire mundano son zarpas de dragona, de reina de la selva. Por instinto retira las piernas de la luz e intenta pasar desapercibido, aunque no sabe que madame Nhu ha formado un ejército de veinticinco mil mujeres paramilitares y que, en un campo de tiro, no vacila en sujetar un revólver con el brazo extendido ante las cámaras.

Un mes antes de que los tanques del ejército comunista de Vietnam del Norte entren en las calles de Vietnam enarbolando una nueva bandera,
un mes antes de que despegue el último helicóptero de la azotea de la embajada estadounidense,
un mes antes de la victoria de unos y la derrota de
otros, el presidente Gerald Ford asigna una partida
de dos millones de dólares para sacar de Vietnam
a los huérfanos hijos de soldados estadounidenses. Es la operación Babylift.

El primer avión que fletan es un C-5 de carga,
un aparato que habitualmente sirve para transportar todoterrenos, obuses, metralletas y ataúdes.
En la bodega y la cabina de descanso de la tripu-
lación acoge a bebés acostados sobre el suelo mismo o en cajas de cartón, bien atados, para un vuelo
corto hasta Guam, donde hacen escala antes de su
destino final, Estados Unidos. A los primeros en
llegar los colocan encima de los asientos, a veces

de dos en dos, y a otros debajo. Las fotos muestran a voluntarios y soldados protegiendo a los bebés con los medios que hay a bordo, y confirman que la guerra también engendra vidas inocentes. Es verdad que algunos de los más crecidos, sentados contra la pared, lloran ante lo desconocido. Pero los demás huérfanos tienen la mirada fija en el trabajo en cadena de los adultos que transportan a los bebés de mano en mano mientras que los más pequeños duermen a pierna suelta en el vientre blindado de esa máquina de guerra.

Naomi baja del avión tras haber embarcado a sus huérfanos. Se halla aún en la plataforma cuando el aparato explota en pleno despegue. Durante mucho tiempo, algunos creyeron que le había acertado un disparo enemigo. Sin embargo, la causa fue una simple brecha, un fallo mecánico que arrancó una puerta y la cola del aparato. Los sueños de setenta y ocho niños y cuarenta y seis militares se esfumaron de golpe. En el ultimísimo momento, el piloto consiguió que el avión ardiendo aterrizara del revés en un arrozal. De los trescientos catorce pasajeros sobrevivieron ciento setenta y seis.

Uno de los militares que participó en el rescate recogió de la tierra fangosa un cuerpo que creía vivo, porque no veía en él ni herida ni arañazo alguno. Al cabo de cuarenta años, sigue recordando el instante exacto en el que lo levantó. Sus ojos veían un bebé dormido de piel intacta, pero sus dedos tuvieron la impresión de sujetar una bolsa de canicas. Aquella contradicción provocó una detonación en su cabeza y le partió el corazón en mil pedazos, como los huesos del bebé.

Al día siguiente, sobre la misma plataforma, Naomi volvió a subir a bordo de un nuevo aparato con otros huérfanos y los ciento setenta y seis supervivientes del accidente.

En cuanto a los niños que se quemaron o se asfixiaron debido a la despresurización, sus cenizas están enterradas en Tailandia. Su existencia terminó en un país desconocido y extranjero, a imagen y semejanza de la expresión con la que se los designaba en vida: *bụi đời* («motas de polvo vivo»).

Cuando Naomi se enteró de que el presidente Ford ponía en marcha la operación Babylift, dejó a su bebé de cinco días con su familia, en Montreal, para regresar de inmediato a Saigón. Los niños del orfanato que había fundado la esperaban para la operación de salvamento.

Naomi consiguió alquilar un *xe lam* para transportar a una docena de niños al aeropuerto. Un *xe lam* tiene tres ruedas y un motor que le permite tirar de una cabina abierta. Suele acoger a una docena de pasajeros, es decir, el doble del número previsto por su fabricante, Lambretta. Como se trata de un medio de transporte público, el vehículo se detiene a petición de los transeúntes hasta que el nuevo pasajero consiga agarrarse al borde o sentarse en las rodillas de alguien. Camino del aeropuerto, la gente que va por la calle se da empujones para subir también al vehículo. Cogen a los niños en brazos, quieren sentarse en una de las dos banquetas colocadas frente a frente. Naomi chilla, pero nadie la escucha. Todos intentan indicarle el destino al conductor mientras le tienden el dinero, lo que prolonga el trayecto y retrasa la llegada de Naomi y los niños.

El conductor del *xe lam* ayuda a Naomi a llevar a los pequeños hasta la plataforma y al interior del avión. Vuelve a meter el pie de un bebé dentro de la caja y tranquiliza a otro, que se tira con tanta fuerza de la camisa que se la rasga.

Naomi también tiene que tomar asiento a bordo en el primer vuelo de la operación Babylift, que a su llegada a Estados Unidos espera el recibimiento de los periodistas y del presidente Ford en persona. Tanto al aterrizar como al despegar, hay cámaras aguardando a los huérfanos, fotógrafos, *flashes* que deslumbran. Mientras Naomi intenta sentar y luego asegurar a los niños contra las paredes y el suelo del avión, con o sin caja de cartón, una voluntaria le informa de que al día siguiente saldrá otro vuelo. Naomi decide desembarcar e ir a buscar a los otros niños para el segundo vuelo.

De pie en la plataforma, junto al conductor del *xe lam*, ve la explosión del avión, una bola de fuego que cae sobre los arrozales, al final de la pista.

Un fotógrafo capta el reflejo de las llamas en los ojos de esa mujer que ha atravesado tres continentes, un océano y doce husos horarios para luchar contra el destino: una madre que se tomaba por Dios, que quería propulsar a sus huérfanos hacia el porvenir igual que un padre que salva a su hijo arrojándolo por el balcón de una casa en llamas. Sin embargo, al pretender que vuelen sobre las alas de un águila gigante, los ha quemado vivos. Naomi pensaba salvar a sus niños del infierno en la tierra. No se imaginaba que el infierno pudiera asimismo encontrarse en el cielo. De haber hablado vietnamita, habría sabido que en el cielo se asienta el poder del Ser supremo, el cual decide sobre la vida, la muerte y las condenas que purgarán quienes no han sabido respetar la vida.

El señor Cielo, u Ông Trời, prevé dieciocho tormentos que se infligen a quienes tienen una conducta reprensible. Los que desperdician el arroz deberán comerse un gusano por cada grano que quede en el fondo del cuenco. Los que le han quitado la mujer a otro, engañado a un niño o maltratado a un justo serán arrojados a un baño gigante de aceite hirviendo. Los que han evitado una condena de forma deshonesta estarán obligados a permanecer de pie ante un espejo y a mirarse en él. En el infierno, las penas están definidas con claridad. En la tierra, Ông Trời castiga sin seguir un plan preciso y según una temporalidad variable. Tampoco se preocupa de aclarar las causas de los castigos, ya que no se explica que un soldado de dieciocho años, un adolescente, haya recibido la orden de recoger en medio de los brotes de arroz y de los restos de un avión calcinado los cadáveres cubiertos de fango, entre ellos el de un bebé en perfecto estado. Nunca había cogido a un bebé en brazos antes de esa misión de rescate. En aquel bebé que no lucía ni una herida, ni siquiera un arañazo, los ojos del soldado no veían el rostro de la muerte, o quizá es que su corazón albergaba tal esperanza de encontrar vida que se cegó hasta que sus manos se dieron cuenta de los huesos rotos que tenía en brazos. Treinta, cuarenta años después, la sensación de levantar el cuerpo flácido de ese bebé le vuelve a la memoria de forma repentina al transportar un saco de carbón; cuando le enseña a su nieto de dos años un nido de ardilla; cuando oye decir a una mujer «*My God! Trời ơi!*» con el teléfono pegado a la oreja ante el estante de cereales.

Naomi no tuvo tiempo de llorar las setenta y ocho pérdidas, pues había que ofrecerles la posibilidad de vivir a los huérfanos vivos.

Al final, más de tres mil niños tuvieron la oportunidad de empezar de cero en un nuevo país con unos padres nuevos. Los militares y los voluntarios que les habían dado el biberón entregaron los niños a los padres adoptivos que los esperaban en la plataforma de San Francisco.

Rodeado de voluntarios y militares, de padres y de bebés, el presidente Ford sonríe generosamente ante las cámaras al tiempo que mece en sus brazos a un bebé. Sabe que los ojos perplejos de esos niños de costumbre ignorados lo ayudan a ofrecer una última imagen gloriosa de los Estados Unidos antes de su retirada definitiva de Vietnam. Por eso puso la alfombra roja para acoger a aquellas «motas de polvo vivo».

Durante la operación Babylift, Hugh Hefner, el fundador y director de *Playboy*, presta su *jet* privado y a sus conejitas para facilitar el transporte de los niños huérfanos desde el centro de recepción de solicitudes, en California, hasta el hogar de sus padres adoptivos, en Georgia, en Nueva York, en Chicago… Las conejitas supieron camelar a los bebés con el mismo encanto que usaban para hacer temblar las rodillas de los hombres.

Por el mismo azar presente en los nacimientos, em Hồng acabó pegada a Annabelle, a su cuello, a su perfume. El nombre Emma-Jade hace pensar en las bellezas sureñas. Se lo han puesto las mujeres de la familia Playboy en el *jet* privado de Hugh Hefner.

Annabelle y Howard han tomado la decisión de criar a Emma-Jade en Savannah como si la niña no tuviese más pasado que el que ellos le construirán.

Annabelle, con sus vestidos sin una sola arruga, ejerce de esposa de Howard, el respetado político de voz tranquilizadora y peinado perfecto. Sea cual sea el día o la hora, Howard puede contar con un hogar impecable, siempre listo para que lo fotografíen o para acoger una reunión o una recepción. Del mismo modo, puede contar con la figura irreprochable de Annabelle al lado de la suya. Por su parte, Annabelle tiene la certeza de conservar el título de señora Pratt. Tanto en la televisión como en la radio, Howard usa a menudo la fórmula «mi esposa y yo».

Algunos de sus amigos son de la opinión de que Emma-Jade tiene la mandíbula y la mirada de su padre Howard; otros insisten en que es la viva imagen de Annabelle.

Salta a la vista que Emma-Jade se parece a su madre. La peina la peluquera de Annabelle. Lleva los mismos vestidos en versión niña modelo y princesa intocable. Se sienta como Annabelle, con las rodillas juntas y ligeramente inclinadas hacia la izquierda. Siguiendo los pasos de su madre, Emma-Jade se ha unido al grupo de las animadoras, juega al voleibol y al baloncesto, y toca el piano. Annabelle se entrega en cuerpo y alma a Emma-Jade. Por gratitud o, más bien, por instinto de supervivencia, Emma-Jade lleva su imagen.

Durante sus veinte años de vida común, no ha habido ningún escándalo, ninguna controversia. Su vida cotidiana carece de historia, casi de memoria. Los días, los meses y los años se han acumulado y repetido como los minutos de un reloj, sin que haya asomado la menor sombra de duda. Nadie podría sospechar que Annabelle se había comprometido a apoyar las ambiciones políticas de Howard y que él, a cambio, la protegía contra su adinerada e influyente familia, que la había obligado a jurar ante Dios y su padre que conservaría

la virginidad hasta el matrimonio y su respetabi-
lidad renegando de la pasión amorosa que le inspiraba su mejor amiga, Sophia.

ANNABELLE Y MONIQUE

Durante el concurso anual de tartas de manzana en el gran jardín del museo histórico de Savannah, Annabelle se prenda de la tarta Tatin de Monique, la tarta que el jurado ha considerado «desnuda», es decir, indecente, por los cuartos de manzana expuestos con toda su exuberancia. Desde que se conocen, Annabelle y Monique se pasan los días cocinando juntas, lo que pone al alcance de Emma-Jade la ensalada nizarda, el *cassoulet*, las fresas con nata, las lenguas de gato y sus primeras palabras de francés.

En presencia de Monique, Annabelle es otra. Las risas sonoras, las carcajadas, atraviesan la cocina como la harina que se expande libremente por el aire, por el suelo y por sus rostros. Monique cuenta miles de historias sin temor a cometer errores en inglés, sin parar de gesticular para describir el sabor de la mantequilla fresca de Normandía en la punta de la lengua, la estatura de su padre –un gigante–, los andares de su primer novio... El ruido de los anillos de Monique cuando sujeta el rostro de Emma-Jade para besarla hace bailar a las figuritas de porcelana, además de a Annabelle, enfundada en sus vestidos almidonados y ceñidos a la cintura. En la época de Monique, Annabelle es feliz. Está pletórica.

Un nuevo contrato de trabajo de Laurent, el marido de Monique, los lleva a Montreal, ciudad donde han seleccionado a Emma-Jade para su primer intercambio en el extranjero, ciudad en la que ésta oye hablar a sus compañeros de la música de la arena en el desierto, de la diosa Shakti, de las auroras boreales... Es también en Montreal donde pone fin a las citas mensuales en la peluquería y se deshace del rubio ingenuo de Brigitte Bardot, el rubio discreto de Ingrid Bergman, el rubio gélido de Grace Kelly. Semana tras semana, Emma-Jade ve cómo, bajo el moreno insípido y anónimo de su color natural, su rostro se va revelando gracias a la ligera forma de almendra de sus ojos y a su cutis dorado. La gente que la conoce entonces la cree brasileña, libanesa, siberiana. De repente parece proceder de un lugar lejano, no tener una identidad precisa.

Después de Montreal, Emma-Jade no vuelve a vivir en Savannah, al igual que Howard, que se instala en Washington. Emma-Jade vaga por varias universidades europeas aceptando empleos sin un rumbo claro antes de llegar al que le ofrece William.

WILLIAM

William ofrece a sus clientes espacios virtuales donde las fantasías definen las reglas, y el juego, el amor. Su fortuna crece al ritmo de los deseos secretos de sus abonados, de sus impulsos de mirar a mujeres de pelo exageradamente largo en las axilas luchando en un baño de fango; o de seguir a aquella que a los veinticinco años tiene la ambición de convertirse en la mujer que más pesa del mundo atiborrándose de comida por medio de un embudo; o a mirar a la mujer que duerme masticando papel higiénico con un secador encendido sobre la almohada. William es además uno de los primeros en crear sitios de citas virtuales en los que el amor se clasifica en varios grupos y subgrupos. Tras un doctorado en psicología, otro en filosofía y varios años de prácticas en trabajo social, William conoce a las personas como la palma de su mano. Sobre todo, sabe cómo espiar a los humanos sin acercarse a ellos, como sus clientes.

Cada año contrata a un universitario o universitaria cuyo trabajo consiste en ayudarlo a descubrir el mundo como si de una enciclopedia se tratase; como hacía su padre, pinero, que se llevaba al campamento los libros de uno en uno para leerlos por la noche, contárselos a sus compañeros al día siguiente y, seis meses después, al volver a casa, a sus hijos. Durante largo tiempo, William pensó que el zumo en polvo Kool-Aid era para ayudar a los culis.[1] Aún era un niño cuando su padre comparaba el trabajo de los hombres en el bosque con el de los obreros de otra época.

[1] Malentendido derivado del nombre del zumo. *Aid* significa «ayuda» y *Kool* se pronuncia «cul», casi como culi. [N. de la T.]

Puesto que William ya no sale de su ático, ha contratado a Emma-Jade para que recorra el mundo, para que le cuente el congreso de Finlandia sobre la liberación de virus y bacterias milenarias que causa el deshielo, el trabajo con lupa de un falsificador de pasaportes, la vida cotidiana de una mujer con miedo a pulsar botones. Emma-Jade asimismo le cuenta historias espontáneas, anécdotas de gente que se ha cruzado al azar en sus viajes.

La historia que animó a William a apadrinar una escuela en Camboya surge de su encuentro con un taxista que había sobrevivido a los Jemeres Rojos tras haber sido testigo de la decapitación sucesiva de su padre, profesor, y de su hermano, considerado un intelectual por llevar gafas. Durante los dos años que pasó en la jungla camboyana con un grupo de adolescentes a los que los militares habían separado de su familia, no llevó más ropa que un calzoncillo. Pudo reunirse con su madre y sus seis hermanos y hermanas al terminar el régimen de Pol Pot, que se hallaban dispersos por todo el país; los más pequeños tenían siete y ocho años. A pesar de haber huido a París, a pesar del trauma que le dejó el palazo que le asestaron en la cabeza con el fin de matarlo, sigue regresando cada cierto tiempo a Camboya porque cree que allí aún hay amor.

Gracias a una conversación con su vecina de asiento en el tren, una física, Emma-Jade se enteró de que los investigadores trabajan sobre las incógnitas conocidas, pero también sobre las incógnitas desconocidas porque está, por un lado, lo incognoscible y, por otro, lo imposible. Dicho encuentro la ayudó a comprender mejor a William y también a pasar a formar parte del grupo de insaciables que creen que el conocimiento es la única forma de infinito accesible a los humanos. Así fue como William le renovó a Emma-Jade el contrato convirtiéndolo en indefinido. Desea vigilar el mundo a través de sus ojos.

Ese día Emma-Jade siente cierto orgullo por haberse vestido de viajera profesional, como Louis. Es la segunda persona en llegar a la cola, tras él. Aferra con la mano izquierda el asa de la maleta, dispuesta a ponerse en marcha al primer sonido de los altavoces. Sea cual sea el país o el aeropuerto, la voz que anuncia los vuelos posee la misma entonación, el mismo ritmo, el mismo aliento. Emma-Jade está impaciente por oír la cinta que colocan los operadores para anunciar que la carrera ha empezado. Está impaciente por arrellanarse bien en su asiento y quedarse dormida antes del despegue. Está impaciente por encontrarse de nuevo en ese universo exiguo en el que tiene la impresión de hallarse en la intimidad, a pesar de que, a su lado, el suspiro de su vecino desplazará su parcela de aire, el codo sobre el reposabrazos rozará inevitablemente el suyo y reconocerá la película que el otro ha elegido ver. Pero seguro que, mientras duerme, su vecino escucha las lágrimas que yacen en el interior de su garganta. El olor del avión, el confinamiento de los pasajeros y el ruido constante de los motores siempre le provocan un temblor sordo en el estómago y un invencible impulso de dormir profundamente, casi como si perdiese el sentido.

Tras la señal, Louis y Emma-Jade salen con paso coordinado, él delante y ella detrás. Caminan al mismo ritmo, acompañados por el traqueteo uniforme de sus maletas con ruedas. Confiados, avanzan observando escrupulosamente las reglas cual soldados en un desfile militar por aquellos pasillos estrechos que impiden cualquier falta de urbanidad. Se siguen de cerca guardando la distancia de cortesía, siguiendo las consignas no escritas de los viajeros avezados.

La vida de Emma-Jade siempre se ha parecido a esos pasillos que permiten seguir avanzando sin hacerse preguntas. Sin embargo, ese día, Louis se gira bruscamente ante un expositor en un recodo del pasillo. En el momento en que evita por los pelos la colisión entre su maleta y el pie de Emma-Jade, sus miradas marcan el espacio anónimo al cruzarse. Quizás se habrían detenido, pero la multitud que tienen detrás se lo impide. Reanudan su camino, y Emma-Jade se mantiene tres pasos por detrás de Louis.

Por la más pura y feliz de las casualidades, en el interior del avión solamente los separa un asiento. Louis sonríe a la azafata, habla con un pasajero cargado de bolsas y saluda a su vecino. Emma-Jade recoge el fular que se desprende del hombro redondeado por la edad de su propietaria. Le tiende al vecino común el cinturón. Pero no se dirigen la palabra. Se miran largamente y con frecuencia.

Por primera vez en su vida, Emma-Jade permanece despierta, fascinada por la postura perfectamente erguida que Louis adopta mientras duerme, a pesar de la relajación de los músculos.

Una vez en su destino, en vista de que Louis se encuentra detrás de Emma-Jade en la cola para el control de pasaportes, Emma-Jade lo aborda para regalarle la foto que le ha sacado.

Emma-Jade volvió a ver a Louis por primera vez en Gotemburgo, según la invitación anotada en la página ciento veintidós de la novela *Austerlitz*, de W. G. Sebald, novela que ella estaba leyendo cuando hicieron el viaje en avión. Después se encontraron en Guam, una isla situada en el océano Pacífico, a medio camino entre Japón y Australia, al este de las Filipinas, al oeste de la inmensidad. Louis había llegado allí siendo un niño refugiado y se había convertido en hijo de Tâm y de Isaac, perdidos en mitad de los casi cincuenta y dos kilómetros de recinto cerrado de los que constaba la base aérea del ejército estadounidense, con sus cuatrocientos inodoros secos y las tres cuartas partes de los aviones B-52 de toda la flota. Tâm había sido la intérprete de Isaac, historiador montrealés obsesionado por el destino de los primeros vietnamitas exiliados que se había enamorado al instante de ella. También había sido una de las intérpretes de las palabras confusas e inquietas de los cien mil vietnamitas que habían tenido la oportunidad de refugiarse en Guam después del 30 de abril de 1975, tras haber perdido su Vietnam.

De todos los helicópteros que aterrizaron en medio de los disparos para sacar a los soldados heridos y recoger los cadáveres despedazados, los desplazamientos más famosos son los de las aeronaves cargadas de civiles que habían conseguido trepar por sus laterales, entre el 29 y el 30 de abril de 1975. Los saigoneses corrían hacia el puerto y, principalmente, hacia la embajada estadounidense con la esperanza de escapar de los tanques que llegaban del norte para anunciar la paz. Los privilegiados sabían que había veintiocho puntos de evacuación más, entre ellos trece azoteas identificadas con una enorme H de tamaño idéntico a los patines de aterrizaje de los helicópteros Huey. Los listillos regalaban joyas o su moto a los chóferes de los altos mandos estadounidenses para que les dijesen hacia dónde debían correr, por dónde podían salir de aquella ciudad cercada por los nuevos ocupantes.

Durante nueve horas, el cielo de Saigón fue el telón de fondo de una coreografía de helicópteros transformados en lanzaderas de evacuación. Con el fin de maximizar la capacidad de los Huey disponibles y el número de despegues y aterrizajes, los militares no respetaron el reglamento: asignaron a un solo piloto por aparato y, además, dejaron que subieran a bordo veinte o veinticuatro personas en lugar de doce, como se aconsejaba por seguridad. Durante uno de los últimos despegues, un estadounidense decidió volar de pie sobre el patín de aterrizaje, aferrado a la ametralladora, para ceder su sitio a un muchachito solo y a dos niños cuyos padres, que permanecían en el otro extremo de la escalerilla, le habían confiado. Al anochecer, unos coches aparcados en círculos iluminaban con sus faros las helisuperficies improvisadas en las canchas de tenis y el aparcamiento de la embajada.

Los responsables de la operación Frequent Wind removieron cielo y tierra para que los treinta y un pilotos voluntarios salvasen a novecientos setenta y ocho estadounidenses, así como a mil doscientos veinte vietnamitas y personas de otras nacionalidades. Entre los evacuados, una adolescente se dedicó a la investigación biotecnológica en Atlanta, un joven se cimentó una carrera de anestesista en California y otro amasó una fortuna en el negocio del pescado en Texas.

Como Louis dormía con la oreja pegada al suelo, oía los desplazamientos de los policías, de los embajadores, de los dirigentes y de los agentes de los servicios secretos, pero también los pasos de los pies desnudos de los rebeldes. Nadie sospechaba que bajo la casa de tres metros de ancho de la mujer que compraba y vendía vidrio y cartón usados había una célula de resistencia preparando un levantamiento contra el Gobierno del país. Louis era una de las escasas personas que había reparado en el agujero de ventilación oculto bajo el banco de madera sobre el que siempre se sentaba la vendedora. Si los transeúntes pudiesen, como él, abstraerse del ruido de las botellas al pesarlas, del manejo de los paquetes de periódicos, de las bocinas de los escúteres y de las bicicletas, habrían oído que se conversaba sobre la toma de la emisora de radio, el traslado de dinero al norte, el avance de las tropas hacia el sur, la paz victoriosa que surgiría pronto, en medio de los soldados caídos en el frente y de los ciudadanos tomados como rehenes entre dos líneas de fuego.

La ciudad de Saigón no se asienta en un volcán a punto de entrar en erupción. Su febrilidad no mana de las calles abarrotadas de vendedores de plumeros, de las mujeres encaramadas a sus altos tacones, de los todoterrenos de la policía militar, sino más bien de las raíces profundas que levantan el asfalto y el fango, del polvo en el aire y de la identidad vencida.

Louis siente bajo sus pies que el terremoto se está fraguando. Oye a los chóferes en las aceras afirmando entre ellos la importancia del baño de sangre que está por venir. Los jefes olvidan que sus chóferes, silenciosos tras el volante y de espaldas a ellos, captan sus palabras sin querer, palabras que, extranjeras al principio, con el tiempo forman frases reveladoras de los secretos más sordos, de los deseos más crueles y de las informaciones más delicadas. Durante una conversación entre su jefa y una amiga turista, el chófer de la esposa del director de la compañía petrolera coge esta frase al vuelo: «*The temperature in Saigon is 105 and rising*»; el del abogado ha oído a su jefe enseñando a su hijo a reconocer y a silbar «White Christmas»; el del ingeniero ha sabido por la hija de éste que la señal de la evacuación se emitiría por la radio; el del director del *Việt Mỹ,* club de la amistad entre Vietnam y Estados Unidos, ha identificado las azoteas que servirán de helipuertos el día D... Aunque no hay una asociación oficial de chóferes, se reúnen inevitablemente alrededor de los puestos de café mientras esperan a sus jefes. Habrían bastado unos cuantos diálogos entre ellos para reconstituir el plan de evacuación a partir de los retazos de información recogidos, colocados y comprendidos, como las piezas de un rompecabezas.

En el último mes antes de la retirada definitiva de los Estados Unidos de Vietnam, cada vez son menos los estadounidenses que circulan por las calles de Saigón y acuden a los bares de gogós.

Al igual que Louis, Tâm asimismo siente los temblores secretos de la ciudad. Uno de sus clientes enamorados le ha aconsejado que escuche la radio para captar la señal ultrasecreta del fin y de la partida.

Es difícil contener la agitación porque las plazas en los aviones de línea escasean cada vez más y las mudanzas no hacen sino aumentar.

Cuando, acto seguido del despegue, un avión militar explota en el aire, la tensión crece súbitamente. Los saigoneses desconocen que dicho avión no transportaba ni tanques, ni soldados ni armas de última tecnología, sino huérfanos.

LOUIS

Sigue a los chóferes que, junto con sus jefes, responden a la señal de la canción «White Christmas» que suena en la radio. Tras abrirse paso entre la multitud de adultos, llega hasta una azotea desde la que las personas suben una a una por la escalerilla al helicóptero en vuelo estacionario, con la ayuda de un responsable estadounidense. Louis sube a su vez gracias a la indecencia de un hombre que se ha abierto paso empujando a todos los que hacen cola. El estadounidense lo aparta con brusquedad de los escalones antes de dejarlo fuera de combate asestándole un espectacular puñetazo bajo las aspas y el estrépito del rotor. Louis sigue creyendo que ocupó el lugar del hombre que yacía en el suelo, abandonado en la azotea, porque incluso el jefe del destacamento tuvo que dejar la plataforma para ponerse de pie sobre el patín del aparato.

Soltaron a Louis, junto con seis mil novecientos sesenta y siete evacuados más, en los barcos fletados para dicha misión, que recibió el nombre de Frequent Wind.

Quizás su padre no era otro que quien posó el último helicóptero en el espacio de aterrizaje de la embajada para salvar *in extremis* a los once marines que había olvidado la operación Frequent Wind.

Quizás.

Muchos helicópteros sobrevuelan en un continuo ir y venir la embajada estadounidense, donde Tâm ha conseguido entrar.

El final de la guerra llega en medio del estruendo, como si hubiese que anunciar y acoger la paz mediante disparos, fuegos, gritos y ataques de pánico.

El embajador de los Estados Unidos recibe la orden de marcharse, de proceder a la evacuación. Quienes saben que les espera la persecución a manos de los ganadores confluyen en la embajada, mientras que los empleados pulverizan y queman telegramas, billetes de banco y documentos secretos. El incesante flujo de vehículos desatiende por completo tanto los semáforos como a los policías, de pie en los cruces porra en mano, bajo el refugio metálico en forma de parasol. Lo mismo que los animales al sentir el comienzo de un terremoto, la gente corre, busca un lugar donde ponerse a salvo de los tanques y de los camiones militares que avanzan con fiereza, de los soldados que enarbolan una bandera nueva.

Frente a la embajada se ha suprimido la demarcación entre aceras y carreteras. La gente se agolpa contra las puertas del inmueble, cerradas a cal y canto y custodiadas por metralletas listas y nerviosas, y contra la entrada de los edificios que conducen a la azotea, a las escalas, a la plataforma de otra helisuperficie desde donde esperan partir hacia alta mar: hacia la inmensidad de lo desconocido.

Al igual que el helicóptero que ha transportado a Louis, el de Tâm aterriza sobre uno de los navíos abarrotados. También hay gente que llega a bordo de pequeñas embarcaciones. Trepan por cuerdas y cadenas. Algunos pierden pie, otros caen al agua. Tâm ha visto a algunos soldados empujar helicópteros por la borda para dejar espacio a los evacuados. Los militares hacen caso omiso de la capacidad máxima de seguridad y de la cantidad de horas de vuelo reglamentarias. Los pilotos han duplicado el número de vuelos posibles dejando a sus copilotos al mando de otros helicópteros. Uno a uno dan vueltas por el cielo hasta tarde, hasta que oscurece, hasta la última oportunidad, a sabiendas de que centenares de personas arremolinadas alrededor de la piscina de la embajada siguen esperando un vuelo más, un último vuelo.

El fin oficial de la operación Frequent Wind se comunicó a los militares con esta señal: «*Tiger Tiger Tiger*». ¿O era «*Tiger is out*»? Lo único seguro es que, a partir de ese momento, el fragor de los tanques sustituyó al de los rotores en el cielo.

El humano pertenece a la categoría de animales que no poseen más que un color en el noventa y cinco por ciento de su cuerpo. No pueden desplegar plumas, ni barrer el suelo con la cola, ni hinchar una bolsa gular para amilanar o seducir. Así pues, se visten, se maquillan y se pintan las uñas. Desde los guerreros babilonios, que se ennegrecían las uñas, hasta Cleopatra, que sumergía la punta de los dedos en henna roja, pasando por la familia imperial china, que prefería el brillo del oro y la plata, cuyos príncipes buscaban distinguirse del resto de sus súbditos prohibiéndoles el uso de sus colores sagrados.

Fue necesario esperar a la invención del coche para que se democratizara el embellecimiento de las uñas. A principios del siglo XX, el brillo de la pintura para automóviles y del esmalte de uñas sedujo a los burgueses y animó a la clase media a aspirar a la riqueza. Desde entonces, los botes de laca de uñas adornan los estantes de los grandes almacenes, las estanterías de los salones de manicura y los neceseres femeninos. Si bien dicha industria no va dirigida más que a la mitad de la población, genera cada año unos diez millones de dólares. Los químicos pasan incluso los fines de semana en los laboratorios luchando contra la fragilidad de los materiales y contra las uñas, que crecen una y otra vez sin parar, ya estén cubiertas o no con una capa acrílica, decoradas o no. Los científicos se hallan impotentes ante esta realidad: la naturaleza sigue su curso y se revela transparente, neutra, sin intención.

En los salones las manicuras proponen la forma almendrada para sustituir el cuadrado de la uña natural y elogian los colores brillantes, en detrimento de los mates, para que las clientas regresen al escenario de sus vidas callando las penas del momento: la laca con purpurina resplandece para las que aún no ven la luz al final del túnel; el turquesa complace a las que se hallan en el ojo del huracán, las uñas afiladas acompañan a las que han recibido un zarpazo. Las iniciadas crean nuevas tendencias en sus canales de YouTube con la ayuda de imágenes que reflejan el paraíso virtual o la juventud ubuesca. Muchas explican y enseñan cómo limar, limpiar, cortar, pegar, dar forma, aplicar esmalte… Etapa a etapa, solas durante largos minutos delante de la cámara, se dirigen a un público que, al otro lado de la pantalla, también está solo.

Al cabo de poco más de un siglo, la paleta de colores se ha enriquecido con centenares de matices. El nombre de cada uno de ellos anuncia una singularidad propia que refuerza el color de quien lo lleva: *Butterfly Kisses* para el rosa del algodón de azúcar o el rosa chicle; *Prêt-à-surfer* para el azul océano de las aguas libres; *Mad Women* para el frambuesa aterciopelado sin rodeos; *Sunday Funday* para el coral inocente; *Crème brûlée* para el beis estático; *Lincoln Park After Dark* para el gris de las noches en vela; *Funny Bunny* para el blanco de las ingenuas fingidas, *Rouge en diable* para la sangre asesina, oxidada.

Louis inventó el *verde arrozal*, el *verde tierno*, el *verde botella* para nombrar el color de los ojos de em Hồng.

Isaac se casa con Tâm y adopta a Louis en suelo guameño. Juntos forman una familia que provoca perplejidad o sonrisas a los transeúntes.

En el quinto aniversario familiar, Isaac se lleva a Tâm y a Louis a California con el fin de hacer el seguimiento de los vietnamitas que había visto pasar por Guam. Para gran sorpresa suya, constata que la mayoría de los refugiados convertidos en inmigrantes están bien instalados en su nueva vida y que un gran número de ellos tiene su propia empresa, desde pequeños restaurantes hasta empresas de limpieza industrial, pasando por ultramarinos especializados, agencias de seguros… Los salones de uñas son los más numerosos.

Durante la visita a un campo de refugiados en 1975, Tippi Hedren, la actriz de la película *Los pájaros*, de Alfred Hitchcock, recibió los elogios de las refugiadas vietnamitas por sus uñas impecables, lo cual le dio la idea de organizar una clase de manicura para una veintena de ellas. Sus primeras estudiantes, californianas de adopción, transmitieron a su vez los conocimientos adquiridos a sesenta más, que también formaron a más manicuras, las cuales luego se multiplicaron y se convirtieron en trescientas sesenta, tres mil sesenta… En unos pocos años, abrieron salones de uñas a lo largo y ancho de los Estados Unidos, Europa y el mundo.

Tâm abrió el primero en Montreal tras recibir los consejos de Thuân, que en Guam no había hecho comentarios sobre el mestizaje de Tâm ni el de Louis.

Thuân es la primera vietnamita en asociarse con Olivett, propietaria de una peluquería afroamericana en el barrio de South Bay, en Los Ángeles. Ofrece sus servicios a la clientela de Olivett rebajando los precios entre un sesenta y un setenta y cinco por ciento. Su alianza engendra nuevas necesidades, una nueva cultura y un nuevo comercio que hoy representa más de ocho mil millones de dólares estadounidenses, es decir: el precio de cuarenta y ocho mil cuatrocientos ochenta y cuatro helicópteros Huey usados, o los kilómetros de seis trayectos de ida y vuelta entre el Sol y la Tierra; o el peso en kilos de cinco mil quinientos veinticinco Boeing 747-400, u ocho veces los mil millones de iPhone que se venden. Si bien las tendencias de las vietnamitas se acercan a las de las burguesas blancas, que prefieren colores y formas clásicos y convencionales, las manicuras vietnamitas se adaptan rápidamente a los gustos expresivos, sorprendentes y extravagantes de sus clientas negras, que revelan su desbordante creatividad hasta en la punta de las uñas.

Isaac apoyó a Tâm para que abriera su salón mientras que Louis le echaba una mano después de la escuela y los fines de semana, al tiempo que estudiaba durante los trayectos en autobús y por la noche para avanzar al mismo ritmo que sus compañeros y recuperar sus primeros diez años de vida, desprovistos de teoría, de baremos, de reglas.

Tâm no abre ni cierra a una hora fija. Sigue el ritmo de sus clientas: da hora al alba para las que se casan y, por la noche, para las que tienen citas románticas; entre ambas, están las que acuden allí por recomendación del psicólogo, del sexólogo, del terapeuta o, si no, con vistas a un inminente viaje al mar.

En cuanto se halla en condiciones de hacerlo, Tâm ofrece apoyo financiero a las empleadas que quieren abrir su propio salón. Louis ayuda a las nuevas propietarias a alquilar locales, a acondicionarlos, a construir y renovar su inventario y su clientela. De año en año, se implica cada vez más en todas las esferas de ese comercio que se desarrolla a la velocidad de los hallazgos y creaciones compartidas en imágenes, en vídeos, en conversaciones en directo en el salón. Asiste y contribuye al crecimiento vertiginoso de la comunidad vietnamita recorriendo el planeta tanto por los senderos más trillados como por las carreteras secundarias.

Louis recorre el mundo porque su éxito estriba en la multiplicación del número de mostradores que ofrecen los mismos esmaltes de uñas, colocados en el mismo orden, iluminados por la misma luz en todos sitios, desde el pueblo donde viven quinientas personas hasta la ciudad de diez millones de habitantes. De un salón de manicura a otro, de un país a otro, se usan las mismas técnicas, se propagan las mismas tendencias, unas manos idénticas se entrelazan durante horas sin conocerse.

Las mujeres sentadas en taburetes con ruedas cerca del suelo, con la nariz a la altura de los pies de la clienta, proceden casi todas del mismo sitio, del lugar donde el sol brillaba sin prometerles un porvenir brillante. Allí llevaban un sombrero cónico, se cubrían la nariz con un pañuelo doblado en triángulo, como los de los vaqueros del salvaje Oeste, y vendían: podían vender periódicos, sombreros o *baguettes* sujetas con cuerdas a un expositor improvisado que se rompería al menor indicio de furia; vender a los transeúntes, frente a la carretera polvorienta; vender para poder alimentarse de un cuenco de arroz una vez caída la noche. O podían casarse con un desconocido de Corea del Sur, de Taiwán o de China a cambio de unos miles de dólares que donarían a su familia, a sabiendas de que el nuevo marido las cambiaría por otra si no cuidaban como es debido de la suegra con alzhéimer o del suegro paralítico, o que sufrirían la violencia de los deberes conyugales. Tendrían la posibilidad de gritar de dolor y clamar contra la injusticia en aquellas islas remotas, pero nadie excepto las dunas y el eterno devenir de las mareas comprendería su lengua. O bien podían pagar decenas de miles de dólares para que esos hombres no las tocasen; en ese caso, necesitaban a un hombre que consintiera en firmar con ellas un contrato de matrimonio, es decir, el documento que les prometía un país extranjero. Qué más daba de dónde viniese aquel marido virgen de amor: ellas sabían de antemano que podrían subsanar su deuda limando las durezas de los talones. Limpiar la piel muerta de cada dedo del pie les permitiría apaciguar el miedo a que el falso marido las denunciara y acabaran sin papeles.

Louis conoce la precariedad de esas mujeres que han elegido la belleza como oficio, como salida, como escalera de incendios. Recorre el planeta de este a oeste, de norte a sur, en línea recta, en zigzag, haciendo piruetas, para informarlas del lanzamiento al mercado de nuevos productos gracias a los cuales nunca les faltará trabajo. La moda de las uñas cuadradas, la de las uñas muy largas y postizas con o sin pedrería gustan y disgustan de una forma tan rápida y aleatoria como la de las uñas puntiagudas al estilo garras de leona. Louis prepara a sus clientas para que ofrezcan *orbit nails* y la manicura media luna entre dos manicuras francesas. Lo transparente se codea con el negro más profundo y el amarillo plátano. Estos lienzos de menos de un centímetro cuadrado ofrecen infinitas posibilidades, como si todos los sueños pudieran tocarse con la punta de los dedos.

Los salones de uñas han mejorado. En los años ochenta, cuando Louis fue por primera vez a uno, no había sillón de masaje con tres velocidades acompañado de un baño de burbujas para pies, ni bolas de resina, ni gel, ni acrílico ni fibra de vidrio. Las clientas se conformaban con unas uñas cubiertas de un esmalte aplicado a la perfección: no podían aspirar a un masaje con piedras calientes en las pantorrillas o a un secado con lámparas ultravioleta. Gracias a Isaac, su padre adoptivo, esposo de su madre adoptiva, Tâm, Louis descubrió ese universo en sus primicias, cuando las vietnamitas todavía eran una gran minoría. Hoy en día poseen la mitad del mercado. Según las estadísticas, han sostenido en las suyas la mitad de todas las manos con uñas pintadas.

Emma-Jade se vio con Louis por tercera vez en el aeropuerto de Saigón. Como él le sacaba una cabeza a la mayoría de las personas que integraban la multitud, no necesitó dar ningún empujón a nadie para que lo vieran. Desde que acabó la guerra, todos los viajeros vietnamitas procedentes del extranjero cuentan con un comité de bienvenida familiar que acude al completo, pues se trata de un regreso *a casa* tras un largo periodo de ausencia. Las familias alquilan camionetas y las llenan por orden de prioridad. Aunque hayan pasado quince, veinte o treinta años de separación, la familia sigue unida: los primos y primas son hermanos y hermanas; los nuevos sobrinos y sobrinas, hijos, y los tíos y tías, padres. Una fiesta. La familia es una fiesta. A diferencia de los visitantes, cuyas enormes maletas y cajas gigantes rebosan de caramelos Werther's, galletas LU, cremas hidratantes y compresas de última generación,

Emma-Jade arrastra, como de costumbre, su sencilla maleta de cabina.

Sentada frente a Louis en la terraza del hotel, Emma-Jade se queda dormida a pesar del incesante estrépito de las innumerables motos, bicicletas y coches. Louis vela su sueño hasta que ella se despierta, veinticuatro horas después.

Tâm sólo pudo ser la madre de su recién nacida durante unos cuantos minutos después de haber dado a luz.

La comadrona que había contratado su jefe le confió el bebé a un bicitaxista con el primer llanto, para que Tâm pudiera regresar de inmediato al escenario del bar de gogós antes de tener tiempo siquiera de ponerle nombre a su hija, que después recibiría dos: em Hồng y Emma-Jade.

En su lecho de muerte, Tâm pidió que le llevaran un cuenco de *phở* para olerlo y sus últimas palabras fueron «Isaac *yêu*». Habría podido llamarlo *darling*, *honey* o *chéri*, como había oído muchas veces de la boca de los soldados. Pero la palabra que resonaba mejor en los brazos de Isaac era *yêu*, aquella palabra de amor que venía de sus raíces profundas.

Ningún vietnamita que resida en Vietnam prepara una sopa *phở* en casa. Sin embargo, todo vietnamita que resida en el extranjero ha preparado o comido un *phở* casero al menos una vez, ya que los vietnamitas expatriados no pueden salir de su casa e ir al puesto de *phở* de la esquina. En las ciudades probablemente haya tantos vendedores como callejones. Cada puesto se distingue por el particular equilibrio de su receta, por las proporciones de sus veintitantos ingredientes: *canela, nuez moscada, cilantro en grano, anís estrellado, clavo, jengibre, cebolla, rabo de ternera, falda de ternera, hueso de ternera, hueso de pollo, babilla de ternera, tendón de ternera, salsa de pescado, chalota, cebolla picada, cilantro, cilantro coyote, albahaca tailandesa, brotes de soja, fideos de arroz, pimienta, guindilla, salsa picante.*

Es imposible reproducir en casa dichas sopas, pues hierven en unos calderos que, al llevar dos o tres décadas sirviendo y mezclando aromas tímidos con los perfumes más penetrantes, son los recipientes de una intimidad forjada a fuego lento. Si los científicos los examinaran detenidamente, verían el rastro de las papilas de sus propietarios. La canela sería lo primero en desprenderse del de la señora que tenía su tenderete en la calle Hạ Hồi, mientras que el de su vecina se distinguiría por el olor a jengibre tostado. Para calcular las variaciones habría que elevar por lo menos veinticuatro a la potencia de veinticuatro. Cada uno tiene su sitio favorito: los amigos comparten direcciones, los enamorados le cogen cariño al primer cuenco que tomaron juntos, los escolares los eligen según el tamaño y la cantidad, las familias acuden de generación en generación al mismo lugar por nostalgia…

En tiempos Louis saboreaba las sopas al gusto de los demás. No se desperdiciaba nada porque se apropiaba de los boles en cuanto los clientes se levantaban del taburete. Si no se abalanzaba de inmediato sobre ellos, los camareros derramaban los restos en un recipiente destinado a las pocilgas. Con el paso del tiempo había aprendido a reconocer a los clientes por los restos de su sopa. Estaba la clienta que siempre aromatizaba su *phở* con diez o quince hojas de albahaca fresca que cortaba del tallo con frenesí mientras su hermana vaciaba el plato de brotes de soja en el cuenco. El cliente culturista añadía un huevo crudo directamente a la sopa, además de una loncha extra de tocino. Louis se había acostumbrado a la guindilla gracias a una mujer muy anciana que alegraba su sopa coloreándola de rojo. Siempre se preguntaba si la señora había perdido la vista o si sus papilas se habían vuelto insensibles de tanto formular reproches. La propietaria del tenderete rezongaba que únicamente las más celosas comían con tanto picante.

Louis era la suma de todos esos clientes.

Verdades sin fin

Si supiera cómo terminar una conversación, si pudiese separar las verdades verdaderas, las verdades personales de las verdades instintivas, habría desenredado los hilos antes de anudarlos o colocarlos para que la historia de este libro quedara clara entre nosotros. Pero he seguido el consejo del pintor Louis Boudreault, que me sugirió que jugásemos con los hilos del cuadro que pintó para la portada del libro[2]. Algunos permanecieron inmóviles a pesar de los badenes y los giros a la izquierda durante el traslado del cuadro desde el taller del señor Boudreault hasta mi casa. Otros adquirieron relieve al despegarse del lienzo en mitad de la noche, mientras escuchaba los silencios de los testimonios de los soldados, de los combatientes y de los que se habían negado a luchar; mientras borraba miles de palabras de blocs, párrafos

---

[2] La autora se refiere a la portada de la edición original.

y frases para no subrayar demasiado unas, para no resaltar demasiado otras y acabar perturbando el frágil equilibrio que nos mantiene llenos de amor: de vida.

Me encantaría intentar describiros la diadema que llevó Emma-Jade cuando fue la reina del *homecoming* de su escuela; contaros cómo eligió el tatuaje («Lo que buscas te busca») que lleva en el omoplato; la posición de sus piernas alrededor de la cintura de Louis cuando la llevó a la espalda para echarla en la cama.

También me habría gustado traeros las novedades de la familia de John, el piloto que salvó a Tâm; de la hija de Naomi, Heidi, que tiene cinco hermanos y hermanas vietnamitas; de la superviviente de My Lai, hoy ya muy anciana, que invitó a los soldados estadounidenses a regresar para tener ocasión de perdonarlos.

Os habría reconfortado con los ejemplos de cárceles transformadas en atracciones turísticas y la apertura de salones de manicura *five-free* que contribuyen a reducir el riesgo de cáncer al no usar esmaltes que contengan formaldehído, tolueno, ftalato de dibutilo, resina fenol-formaldehído y alcanfor.

Me he guardado de entristeceros con la banda sonora que desvela la orden del presidente Nixon de proceder al bombardeo a pesar de las vacilaciones del general, que acaba de informar de que el cielo está demasiado nuboso para que no hubiera víctimas civiles; y con el documento que presenta las razones por las cuales había que continuar con la guerra:

1) 10% para apoyar la democracia;
2) 10% para echar una mano a Vietnam del Sur;
3) 80% para evitar la humillación.

He intentado entrelazar los hilos, pero se han escapado para quedar sin sujeción, para no perder su temporalidad, su libertad. Ellos solos se recolocan según la velocidad del viento, según las noticias que circulen, según las preocupaciones y sonrisas de mis hijos. Las páginas que siguen son un final imperfecto, con fragmentos y cifras capturadas a vuelapluma.

Oigo la voz de Louis al describir su barrio de la infancia a Emma-Jade:

Ese clavo que ves ahí lleva al menos cuarenta años en el árbol. El peluquero que ha puesto el letrero encima de este tramo de la acera cuelga en él su espejo.

En este umbrío pasadizo hay una señora centenaria o inmortal que se trae la báscula todas las mañanas y se ofrece a los transeúntes para leerles su peso. Y el peso que llevan a la espalda.

Mi madre, Tâm, vivía en este apartamento.

Cuando era pequeño me gustaba escuchar la música que tocaban en este bar.

Nunca llegaron a quitar este letrero de Pan Am. Estoy en negociaciones para comprarlo. Será para recordar a Pamela, que me enseñó a leer y mis primeras palabras de inglés.

Robé unos tarros de leche condensada en este puesto. Al cabo de veinte años, cuando volví para pagárselos, la propietaria seguía viva y trabajando. Se acordaba de mí. Y, además, lo sabía.

Veo a Emma-Jade y a Louis acostados en el suelo, con la cabeza bajo el banco de granito rosa que había sido su casa común, el lugar donde Emma-Jade había aterrizado después de que el bicitaxista se la hubiera llevado. Aquel día la explosión en el bar al aire libre, frente al parque, había provocado varios heridos y un muerto: un bicitaxista que había ido a devolver la maleta olvidada de su cliente, un soldado.

Howard y Annabelle se reunieron con Emma-Jade en Saigón para estar con ella y explicarle por qué le habían escondido sus orígenes: a causa de las opiniones insistentes y contradictorias que suscitaban los veteranos como Howard cuando regresaron a la vida normal en el seno de su comunidad, en su país.

El arcoíris ilustra la esperanza, la alegría, la perfección. Sin embargo, se usó la palabra *rainbow* para llamar a los herbicidas fumigados sobre Vietnam, las sustancias que causaron el cáncer de Tâm, que, de niña, vio cómo se caían las hojas de los árboles en la plantación, como si el otoño se hubiera colado entre la estación cálida y los monzones. Imaginaos que:

- se realizaron 20.000 vuelos;
- se fumigaron, como una tormenta, 20.000.000 galones de defoliantes y herbicidas, es decir, más de 80.000.000 litros;
- se contaminaron 20.000 kilómetros cuadrados, es decir, una extensión que va más allá de la línea del horizonte, más allá del pie del señor Cielo;
- se roció un 24% del territorio vietnamita con los colores del arcoíris;
- se envenenó a 3.000.000 humanos, a los que lloran al menos 9.000.000 de allegados;

- se detectaron 1.000.000 de malformaciones congénitas que confirman el genio humano.

La operación Ranch Hand, que se llevó a cabo
entre 1961 y 1971, tenía el objetivo de eliminar el
follaje y dejar al enemigo al descubierto. A continuación, se infiltraron productos aún más po-
tentes en la tierra para quemar las raíces. Los más
eficaces secaban el suelo e impedían que las semillas volvieran a crecer. Era como si se hubiera erra-
dicado la vida. Sin embargo, los humanos resistieron y sobrevivieron aceptando la presencia de
esos venenos que ahora forman parte de su ser.

Las dioxinas siguen perdurando hasta hoy, cuatro generaciones después. Los productos tóxicos
contaminaron los genes, se entretejieron en los
cromosomas, se introdujeron en las células. Los
formaron y deformaron a su imagen, a imagen y
semejanza del hombre todopoderoso.

A diferencia de lo que daba a entender su nombre, el agente naranja, defoliante, tiraba más a rosa o parduzco.

Cualquier niño que hubiera observado los aviones volar uno junto a otro para irrigar el suelo con
este herbicida habría podido pensar que estaba asis-
tiendo a un espectáculo aéreo. En cuatro minutos
un C-123 vertía su contenido, tres metros cúbi-
cos de agente naranja por kilómetro cuadrado, a

lo largo de dieciséis kilómetros cuadrados de jungla. Si bien los aviones iban escoltados por un helicóptero provisto de una metralleta y un caza, la operación seguía siendo peligrosa porque los árboles no morían hasta transcurridas dos o tres semanas. El enemigo acechaba camuflado a ras de suelo, con las armas apuntando al aire, dispuesto a morir en el acto o bien quince o veinte años después, de un cáncer de hígado, de una enfermedad cardiaca, de un melanoma...

El niño, testigo de la danza ensordecedora de los aviones, no supo establecer el vínculo entre la estela de llovizna y las hojas que caían a merced del viento como en las canciones de amor. Seguramente pensó que la selva tropical, que hasta entonces no había conocido más que la alternancia de la temporada seca y la de lluvias, había recibido la milagrosa visita del otoño, la estación de las dulces melancolías, la estación del soñado Occidente.

A pesar de su eficacia, el agente naranja no consiguió que el arroz dejase de crecer. Lo habían precedido otros agentes: el verde, el rosa y el púrpura. Tras él, los químicos inventaron el blanco y el azul. Cada variedad venía indicada por una banda de color pintada directamente en el barril. Cada color tenía la función de defoliar, desbrozar o desarraigar. Juntos constituían los Rainbow Herbicides de la operación Ranch Hand. Su misión principal era destruir la exuberancia del bosque tropical y, además, provocar hambrunas en el enemigo eliminando las cosechas. La mayoría de los árboles morían al primer contacto. Los más obstinados abandonaban tras la segunda o tercera exposición. Sin embargo, el arroz resistía. Daba igual el color del agente: era casi imposible quemarlo. Ni siquiera las granadas ni los disparos de mortero conseguían hacerlo desaparecer por completo. Las semillas volvían a crecer, seguían alimentando tanto a soldados de la resistencia como a granjeros a quienes les tocó vivir ese mal momento de la historia. Hubo que inventar el agente azul para conseguir secar el suelo y, de ese modo, privar al arroz de su principal fuente de vida, el agua. El agente azul triunfó sobre el arroz.

Se habría celebrado la estrategia militar de la operación Ranch Hand de no haber sido por la cantidad de soldados estadounidenses que también se vieron afectados por los herbicidas. La fuerza de la gravedad debía atraer las gotas hacia abajo, hacia el enemigo. Pero intervinieron los vientos, y quienes salpicaban también salieron salpicados.

Los niños que tuvieron la suerte de envejecer comprobaron a lo largo de diez años que los ochenta millones de litros de herbicidas del arcoíris se las hicieron pasar moradas.

Hoy en día, al cabo de cuarenta y cinco años, las innumerables y graves malformaciones congénitas de los niños de esos niños confirman el poder de los humanos para hacer mutar los genes, para transformar la naturaleza, para erigirse en dioses. Poseemos el poder de crear un rostro medio hundido, de hacer crecer una segunda cabeza más grande que la primera, de sacar los ojos de sus órbitas, de vaciar el alma de su hálito derramando depósitos de líquido del rosa de las flores, del blanco de la despreocupación, del púrpura de los *corazones púrpura*, del verde de las hojas bajo las lluvias monzónicas y del azul del cielo infinito.

- 8.744.000 militares participaron en la guerra que tuvo lugar entre los Estados Unidos, Vietnam del Norte y Vietnam del Sur;
- 58.177 soldados estadounidenses murieron y otros 153.303 resultaron heridos;
- 1.500.000 de militares y 2.000.000 de civiles fallecieron en Vietnam del Norte;
- 255.000 militares y 430.000 civiles murieron en Vietnam del Sur.

Me pregunto por qué hay sólo cifras redondas en un lado y otras tan precisas en el otro, y, sobre todo, por qué ninguna lista ha contabilizado el número de:

- huérfanos;
- viudas;
- sueños abortados;
- corazones rotos.

También me pregunto si estas cifras habrían cambiado de haberse tenido asimismo en cuenta el amor a la hora de calcular, de diseñar estrategias, de hacer ecuaciones y, principalmente, a la hora de combatir.

País en forma de s, que quizás alude a su sinuoso trazado o quizás a su gracia. Su delgada cintura, de sólo cincuenta kilómetros de ancho, une a hermanos y hermanas que se creen enemigos. Sin embargo, durante miles de años, habían combatido juntos a lomos de elefantes contra China. A continuación, se sublevaron juntos contra Francia durante cien años. Su victoria se discutió y negoció con tanta prolijidad alrededor de una mesa en Ginebra que el pueblo se quedó dormido mientras esperaba para celebrar el acuerdo.

Al despertar, el país estaba dividido en dos, como tras una división celular. Cada mitad evolucionó por su cuenta y, al cabo de veinte años, ambas se encontraron reunidas y transformadas. Enfadadas. El Norte había hecho de hermano mayor al sacrificarse para liberar a su hermano Sur, rehén de los Estados Unidos. El Sur lloraba la pérdida de la libertad que suponía dejar de bailar al ritmo de The

Doors, de leer *Paris-Match*, de trabajar para Texaco. El Norte, por benevolencia y por reorganización de los poderes, castigó severamente al Sur por haber sucumbido al poderío estadounidense. El Sur callaba y huía durante las noches sin luna, mientras el Norte cerraba fronteras, puertas y palabras.

Tras cuarenta y cinco años de vida cotidiana común bajo la misma bandera, la hermosa cintura del centro del país aún lleva la cicatriz del corte imaginado por la política. La vieja herida familiar es tan profunda y sorda que se propagó más allá del territorio. Por mucho que los vietnamitas se encuentren en Dakar, París, Varsovia, Nueva York, Montreal, Moscú o Berlín, se siguen presentando según su punto de partida: del norte, del sur; pro o antiestadounidense; aún se clasifican por ser de antes o después de 1954, de antes o después de 1975.

En 2025 el 30 de abril caerá en miércoles, como en 1975. El quincuagésimo aniversario será con toda seguridad un gran acontecimiento para todos los vietnamitas. Eso sí, las manifestaciones de uno y otro bando serán desde luego muy diferentes: por un lado, en todos los rincones del país, Vietnam celebrará en esa fecha la reunificación del Norte y el Sur; por el otro, ese día los vietnamitas que se marcharon tras el 30 de abril de 1975 llorarán la caída de Saigón en Sídney, Austin, San José, Vancouver, París, Montreal, Tokio…

Seguramente este quincuagésimo aniversario venga a confirmar que la memoria es una facultad del olvido. Ésta olvida que todos los vietnamitas, vivan donde vivan, son descendientes de una historia de amor entre una mujer de la raza inmortal de las hadas y un hombre de la sangre de los dragones. Olvida que su país ha estado rodeado de una alambrada, que lo transformaron en arena de circo y que ellos, por su parte, se encontraban allí en calidad de adversarios, obligados a luchar unos contra otros. La memoria olvida las manos lejanas que manejaban los hilos y apretaban los gatillos. Sólo recuerda los puñetazos, el dolor profundo de esos golpes que lastimaron las raíces, acabaron con los lazos ancestrales y rompieron la familia de los inmortales.

Tim: *A bullet can kill the enemy, but a bullet can also produce an enemy, depending on whom that bullet strikes.* [Una bala puede matar al enemigo, pero una bala también puede crear un enemigo dependiendo de a quién alcance].

Kim: Toda bala que mata a un enemigo crea al menos uno más. Da igual a quién alcance.

Kim: Ni que decir tiene que la caja es sorprendente. «De latir, mi corazón se ha parado», como dice la canción, y eso, por dos razones: la caja en sí y tú.

¿Tú crees que se puede morir por un exceso de belleza?

Louis Boudreault: Sólo deberíamos morir por un exceso de belleza. Cuando la termine, se sabrá nada más verla que su interior cobija lo indecible.

Kim: Todos esos hilos de vida al filo del tiempo
Todos esos hilos sin lazos ni ataduras que dibujan la línea de la vida de los abandonados
Todos esos hilos pacientemente entrelazados que permiten que los funámbulos atraviesen la vida haciendo equilibrios
Todos tus hilos

Louis Boudreault: Parece que un simple soplo puede acabar con ella, pero, si resiste, nada podrá destruirla...

Y ella resistió.

Conflicto entre Oriente y Occidente que cristaliza en una guerra entre el Norte y el Sur de Vietnam, a ambos lados del paralelo 17°, entre 1954 y 1975. La guerra tiene su origen en la Conferencia de Ginebra, tratado de armisticio que pone fin a la Indochina francesa (Laos, Camboya y Vietnam).

Dicho acuerdo lo firman en Suiza ambas partes, la República francesa y Vietnam del Norte, dirigido por Hô Chi Minh. Las negociaciones, que tenían por objeto deshacer los vínculos, las ataduras y las costumbres que unían a Francia y Vietnam entre otros, duraron casi dos meses y tuvieron lugar alrededor de una mesa con los representantes de varios países:

- China,
- Unión Soviética,
- Laos,
- Camboya,

- Corea del Sur,
- Corea del Norte,
- Reino Unido,
- Francia,
- Vietnam del Norte,
- Polonia,
- India,
- Canadá,
- Estados Unidos.

Como en una obra de teatro, las puertas se abrían y se cerraban de golpe para intimidar a unos y apoyar a otros, o para poner a prueba la postura de cada uno al intentar acercarse o alejarse. Los jugadores regateaban: separaban aquí un territorio, cambiaban allá una frontera de latitud y longitud, añadían un derecho de presencia militar, prometían autonomía, es decir, independencia, trocando convicciones por la oportunidad de una nueva alianza. Modificaron el mapa geopolítico de la región aplicando el estampado de piel de leopardo, el mismo de las plantaciones de hevea y de café. Las discusiones fueron tan ásperas y las apuestas tan complejas y decisivas que los negociadores olvidaron la presencia de los hombres de a pie, los que en aquellas tierras esperaban la llegada de un bebé, la maduración de un mango o el anuncio de una nota en un pupitre de la escuela.

A causa de todos los compromisos que implicaban aquellas promesas contrahechas y contradichas, se produce una nueva guerra entre el Norte y el Sur de Vietnam. Dicha guerra dura veinte años porque Vietnam ha cobrado una repentina importancia en el escenario internacional. Se ha convertido en un asunto delicado en el pulso entre China, la URSS y los Estados Unidos. Tras unos veinte años mirándose fijamente sin atreverse a pestañear, las tres grandes potencias deciden cambiar de juego y de baile. Se estrechan la mano delante de las cámaras, cosa que deja a Vietnam con las manos vacías, sin aliado. Y así es como Vietnam pierde su estatus estratégico y su lugar en el tablero.

El abandono de los tres grandes obligó a los dos Vietnam a reencontrarse, a vivir juntos a despecho del malestar. Las lágrimas de rabia y de asombro, de odio y de victoria, de cansancio y de alegría se mezclaban con las imágenes de hermanos y hermanas que tienen que besarse con desazón tras una larga pelea, a pesar de que les sigue sangrando el corazón, a pesar de tener el cuerpo cubierto de contusiones. La paz se proclamó oficialmente en esas condiciones el 30 de abril de 1975.

ÍNDICE